AUTHENTIC GAMES
A BATALHA DA TORRE

© 2016 Editora Alto Astral
Fica proibida a reprodução parcial ou total de qualquer texto ou imagem deste produto sem autorização prévia dos responsáveis pela publicação.

Ilustrações: Thiago Ossostortos
Fotos de Estúdio: Fernando Gardinali
Projeto Gráfico e Diagramação do Miolo: Aline Santos

Dados Internacionais de Catalogação na Publicação (CIP)
Angélica Ilacqua CRB-8/7057

T83a
    Túlio, Marco
        AuthenticGames: A Batalha da Torre / Marco Túlio.
    – Bauru-SP : Astral Cultural, 2019.
        112 p.

        ISBN: 978-85-8246-953-8
        1. Literatura infantojuvenil 2. Minecraft (Jogo) I. Título

19-0976   CDD 028.5

Índice para catálogo sistemático:
1. Literatura infantojuvenil

Segunda reimpressão
Impressão: LIS
Papel de Miolo: BookCream 70g

 ASTRAL CULTURAL EDITORA LTDA.

BAURU
Av. Duque de Caxias, 11-70
CEP 17012-151
Telefone: (14) 3235-3878
Fax: (14) 3235-3879

SÃO PAULO
Rua Major Quedinho 11, 1910
Centro Histórico
CEP 01150-030
Telefone: (11) 3048-2900

E-mail: contato@astralcultural.com.br

A BATALHA DA TORRE: UMA AVENTURA AUTÊNTICA

FALA GALERA!

Desde que eu escrevi meu primeiro livro, o **AuthenticGames: Vivendo uma Vida Autêntica**, fiquei com muita vontade de produzir uma história de aventura em que eu e meus leitores pudéssemos viver grandes emoções juntos. Demorou um pouquinho pois eu queria fazer uma história bem-feita, com a minha cara. Agora, finalmente esse projeto deu certo e virou meu novo livro!

Então é o seguinte, maninhos e maninhas: o legal é que vocês desenham o bonequinho do personagem que é o verdadeiro herói deste livro, o Builder. Builder é uma palavra do inglês, que se fala "bilder" e significa construtor. Achei um ótimo apelido para alguém que é muito bom em empilhar blocos e craftar, vocês não acham? Quando ele estiver pronto, vocês se juntam a mim nesta história incrível. Eu também criei alguns personagens bem legais para se unirem a nós no livro: tem a espertíssima Nina, ágil como ninguém usando um arco e flecha; o Jorge, um cara inteligente e cheio de sabedoria que vai ajudar a salvar vidas; o ferreiro, o padeiro, o prefeito... Vai ser demais!

Para melhorar, nossa diversão não acaba aqui. Siiiim, é isso mesmo que você ouviu, ou melhor, leu: este livro faz parte de uma trilogia, com direito a três histórias diferentes, cheias de ação, com grandes perigos, cenas de ação de tirar o fôlego, do jeito que a gente gosta.

O mais legal é que, neste primeiro livro, você será o personagem principal. Isso é muito irado! Toda a história se passa do ponto de vista do leitor, que vai me ajudar a sair de uma grande enrascada. Não vou contar mais para não estragar a história, mas posso garantir que vocês vão gostar.

E tem mais surpresas por aí: é você que escolhe os caminhos que o livro vai seguir. Não é demais? Para isso, quando o livro der duas opções de capítulos para você ler, defina um e boa sorte! (Mas depois você pode ler de novo e escolher o outro caminho para saber como é, hehehe.)

O que você está esperando? Junte-se a mim nesta aventura autêntica!

Vamos lá?

1

UM INÍCIO PROBLEMÁTICO

NASCIA UM NOVO DIA NA VILA FARMER. AQUELE LUGAR DE nome simples, onde gente simples vivia suas rotinas simples. Quer dizer, nem toda manhã era tão calma e ensolarada. Mas, quando os dias começavam de maneira perigosa, sempre havia um herói para garantir a tranquilidade de todos. Quase sempre esse herói era o primeiro e único Authentic!

Sob sua proteção, os habitantes da Vila Farmer puderam prosperar e criar uma comunidade repleta de saúde e alegria. Alguns desses moradores eram corajosos, valentes e já haviam passado por perigos fora das fronteiras da vila, mas, no fundo, todos sabiam que o Authentic estava lá para salvá-los caso a situação ficasse mais perigosa que o normal.

AUTHENTICGAMES

A Vila Farmer surgiu em torno de uma pequena fogueira rodeada por árvores. Authentic e mais alguns poucos transformaram aquele lugar em casas, fazendas, lojas e praças, por onde crianças se divertiam e novas famílias chegavam, em busca de proteção. Todos tinham casas simples. Até mesmo o Authentic tinha uma moradia comum, sem nenhum luxo, pois a amizade que cercava a vila era mais importante que armadilhas ou lápis-lazúlis acumuladas. Em uma dessas casas, uma pessoa acordava – e acordava porque alguém batia loucamente em sua porta.

–Builder! Builllllldeeeeer! Acorda, Builder! Ei, Builder!

Uma figura sonolenta e completamente descabelada levanta-se de sua cama... Seu nome não era Builder. Aquele era seu apelido desde o começo da construção da vila, pois ele teve uma participação muito importante na formação daquele lugar. Ele empilhava blocos e craftava como ninguém, e o apelido pegou...

Builder abriu a porta e deu de cara com uma figura de cabelos amarrados sobre os ombros. Era Nina, a filha do padeiro, que carregava uma cesta de pães recém-assados. O cheiro bom pareceu despertar Builder para o que estava acontecendo.

– Nina! Bom dia! Huuummm, que cheiro bom...

– Bom dia, Builder! – ela respondeu. – Está fresquinho!

– Estou vendo! Mas esse não é o meu nome, você sabe...

– Ai, desculpa! – ela respondeu envergonhada com a bronca. – Eu gosto desse seu apelido. É bem legal.

– Eu gosto do meu nome. Não que Builder seja ruim... Mas às vezes gostaria que as pessoas se lembrassem que eu me chamo ...., sabe?

A BATALHA DA TORRE

— Boa sorte em fazer o pessoal deixar de chamar você assim, Builder! Quer dizer,.......................... . Haha, sou muito desligada! – respondeu Nina.

— Percebi...

— E aí, Tudo certo para hoje?

— Sim. Vou encontrar com o Authentic daqui a pouco para começarmos. Posso pegar um desses pães e depois acerto com seu pai?

— Claro que pode! Aqui, pode escolher qual prefere...

> VAMOS LÁ, MANINHO! PEGUE UMA CANETA E COLOQUE O NOME QUE QUISER SOBRE ESTE TRAÇO .... PODE SER O SEU NOME OU, SE PREFERIR, PODE INVENTAR O SEU PRÓPRIO PERSONAGEM! ESTE LIVRO É SEU! VOCÊ É O PERSONAGEM PRINCIPAL DESTA HISTÓRIA.

> CIRCULE QUAL PÃO VOCÊ QUER COMER NO CAFÉ DA MANHÃ. É VOCÊ QUEM DECIDE!

Tire uma foto da página e publique a sua escolha com a hashtag #ABatalhaDaTorre

Builder pegou o pão e se despediu de Nina, que saltitou para oferecer o restante da cesta na próxima casa. Enquanto mastigava e espantava o sono, Builder lembrou-se de que aquele não era um dia comum: Authentic, seu amigo desde a criação da Vila Farmer, o chamou para coletar recursos e iniciar a construção da primeira biblioteca dos arredores.

Coletar recursos não é tão simples como parece, e essa função é vista por todos como uma posição de grande prestígio. Builder conhecia bem os perigos envolvidos em fazer isso fora do território da vila, com centenas de mobs à espreita, apenas aguardando algum desavisado chegar perto o suficiente para atacarem. Porém, com Authentic na missão, não era preciso se preocupar: há anos a vila não sofria um ataque, pois todos sabem que o fundador é implacável com as forças do mal.

Na verdade, Builder não consegue mais se lembrar da última vez que viu um creeper ou uma aranha andando pelas ruas; a vida era agradável e tranquila na vila.

Por escolha própria, Builder morava num ponto extremo, próxima à cadeia de montanhas que circunda dois lados da vila, ajudando na segurança do lugar. Para proteger o território, Authentic vivia na ponta mais próxima da fronteira, pronto para reagir a qualquer acontecimento.

Com o raiar do dia, Builder já se preparava para pegar sua picareta e partir em direção à casa do seu velho amigo, cruzando todo o vilarejo até chegar ao seu destino. Mas, antes, resolveu se olhar no espelho e tirar os farelos de pão do rosto e da roupa.

Builder escovou os dentes e saiu de casa. Para ele, a melhor parte do dia era poder passear por toda a vila, pois conseguia notar como o local crescia cada vez mais e como seus moradores eram felizes. Todos se conheciam e se ajudavam. Inclusive, andar por ali exigia um pouco mais de tempo, já que todos os moradores acenam e se cumprimentam quando se encontram. O caminho demorava mais, mas valia a pena.

Boa parte dos moradores da vila já está acordada, começando suas tarefas diárias. Os pescadores se reuniam em frente à casa de um deles, prontos para partir em direção ao lago; alguns fazendeiros já estavam arrebanhando seus animais para levá-los ao pasto, enquanto outros começavam a cuidar das plantações.

Depois de andar um pouco, Builder encontrou Nina segurando o cesto vazio, sentada em um banquinho. A jovem acenou quando viu Builder se aproximando.

– Buildeeeeeer!

– Oooooi... – respondeu, percebendo que não adiantava pedir para a garota o chamar pelo seu nome verdadeiro.

– Já está indo? Gostaria de poder acompanhar vocês.

– É perigoso além da fronteira da vila, Nina. Você sabe disso!

– Eu sei, mas quem disse que eu não posso ser uma aventureira? Também me preocupo com a vila!

– Você é muito novinha, Nina. Quando for mais velha, poderá decidir o que vai fazer.

Não eram raras as ocasiões em que Builder se sentia como um irmão mais velho de Nina. A jovem era bastante corajosa e poderia se meter em enrascada se não a orientasse.

A BATALHA DA TORRE

– De qualquer jeito, duvido que meu pai deixaria... Ele diz que precisa da minha ajuda, como se ser padeiro fosse a coisa mais importante do mundo – disse a garota com um suspiro nada suave, deixando toda a sua irritação à mostra.

– Mas é importante! – Builder disse, tentando mostrar entusiasmo. – Como nós teríamos pães todos os dias sem um padeiro? Todo mundo aqui tem uma função importante e nenhum tipo de trabalho é melhor ou pior do que o outro. É uma das belezas da comunidade que criamos aqui. Cada um de nós é indispensável para formarmos esse incrível lugar, que, de longe, é o melhor do mundo!

Nina acenou com a cabeça e se levantou, pronta para voltar para casa. Visivelmente chateada, a garota começa a andar na direção oposta a Builder, que prometeu a si mesmo que tentaria trazer algo especial para animá-la. De certa forma, admirava a postura da garota, com aquele espírito indomável e vontade de conhecer novos lugares. Sem dúvida, Nina seria uma grande aventureira quando chegasse a hora!

Para quem nunca morou em uma vila, eis um segredo. Você sabe o que corre mais rápido por esses lugares? Não é um cavalo fujão ou a ventania que aparece antes de uma tempestade. Nada é mais rápido que um boato em um vilarejo pequeno. A velocidade da fofoca parecia ser maior que a da luz.

Sendo assim, todos já sabiam que aquele era o grande dia, em que Authentic e Builder começariam as obras da biblioteca. Conforme fazia seu caminho pelas ruas, Builder recebia gritos de incentivo dos outros moradores, que sempre traziam um sorriso no rosto. Ele chegou a perder a conta de quantos "Boa sorte lá fora!", "Que belo dia para sair!" ou "Não vejo a hora de conhecer a nossa biblioteca!" escutou enquanto caminhava, e aquilo o animou ainda mais.

Na praça central, algumas crianças já estavam brincando enquanto seus pais visitavam os pontos de comércio ao seu redor – a mercearia, a padaria de Arthur, o pai de Nina, o sapateiro, o alfaiate e muito mais. Como era divertido passar o tempo por lá!

Um ronco no estômago de Builder serviu para avisar que, na verdade, aquele pão tinha sido apenas um petisco e que ele precisaria de muito mais energia para encarar aquele dia de atividades tão cansativas. Por isso, decidiu passar na mercearia.

O lugar estava bem tranquilo, já que a maioria dos clientes não acordava tão cedo assim. Builder se sentou em uma mesa enquanto o Seu Martins se aproximava para anotar o pedido.

– O de sempre, meu caro? – disse o dono do lugar.

– Claro! Um suco de laranja e duas torradas, por favor.

– Hoje é o grande dia, não é mesmo?

– Sim, finalmente vamos começar aquela biblioteca. É uma grande mudança para a vila!

– Sem dúvida – disse Seu Martins, com um tom de voz preocupado. Em geral ele era tranquilo, e aquele comportamento preocupou Builder. Não era normal o Seu Martins ficar desse jeito, ele costuma ser risonho e animado com seus clientes.

– O que foi, Seu Martins? Tem algo errado?

– Não é nada, meu filho. É só que... Ah, deixa para lá.

– O que aconteceu?

A BATALHA DA TORRE

– É que a patrulha da noite passou aqui no fim do turno, falando algo que me preocupou.

– A patrulha da noite? O que aconteceu?

– Eles viram um grupo de esqueletos rondando a vila, mas dessa vez tinham um comportamento bem diferente do que costumam ter e até um pouco estranho. Eles estavam indo embora, como se já tivessem feito o que queriam, em vez do comportamento normal de rondar a vila pela fronteira.

– Isso é muito estranho, mesmo... – comentou Builder.

O café da manhã estava bom como sempre, mas o que o Seu Martins acabara de dizer havia ficado na cabeça do aventureiro, fazendo a comida perder o gosto. Antes de ir para a casa de Authentic, ele decidiu investigar um pouco mais sobre esse estranho ataque das caveiras.

Seguindo adiante, Builder passou pelo posto da patrulha e percebeu que alguns integrantes da ronda noturna ainda estavam por ali, em vez de estarem curtindo seu merecido descanso. Aproveitando a oportunidade, ele resolveu falar com Tiago, um dos seus amigos que fazia parte do grupo.

– E aí, Tiago! Ainda em pé?

–Pois é, Builder. Vimos uma coisa estranha durante a noite e ainda estamos discutindo...

– É tão difícil assim usar o meu nome?

– Poxa, Builder é um apelido tão legal... – disse Tiago, um pouco envergonhado.

– Ah, tudo bem, você é meu amigo! Mas vocês estão falando sobre o caso dos esqueletos, não é?

AUTHENTICGAMES

– Puxa, que cara ligeiro. Como você sabe?

– Se tem uma coisa que viaja mais rápido do que o vento nessa vila são os boatos! Pode me contar o que aconteceu?

– Eram muitos esqueletos. Muitos mesmo! Na hora pensamos que teríamos uma bela briga pela frente, mas eles estavam indo no sentido contrário ao da vila... E estavam com muita pressa também, quase correndo. Não entendemos nada!

– Conseguiu ver se eles entraram na vila?

Tiago fez que não com a cabeça.

– Quando percebemos que os esqueletos estavam lá, já tinham passado por uma das colinas, um pouco longe daqui. Não entendi até agora o que aconteceu e ninguém viu nada.

– Bom, vou avisar o Authentic. Ele vai querer saber disso.

– Batemos na porta dele mais cedo, mas acho que ele ainda estava dormindo, pois não respondeu aos nossos chamados.

– Pode deixar que vou avisá-lo. Como vamos buscar recursos, não custa nada ficarmos de olhos abertos para isso.

– Boa sorte hoje, Builder! Espero que vocês também consigam nos ajudar a desvendar esse mistério!

– Também espero que sim.

Com muito mais pressa do que antes, Builder seguiu até a casa de Authentic na vila. Sem diminuir o passo, conseguiu escutar cochichos dos moradores, algo sobre ruídos estranhos durante a noite e pessoas confessando estarem com medo.

Quando chegou à casa de Authentic, Builder entrou sem bater na porta, um costume após vários anos de amizade. Porém, desta vez, ele até que gostaria de ter batido...

Que cena horrível! Quem poderia ter feito uma coisa dessas, logo com o maior benfeitor da vila?

Conforme Builder vasculhava a casa do Authentic, as coisas começaram a fazer sentido: os esqueletos haviam entrado na vila, foram até a casa dele e o sequestraram! Mas por que se dariam a esse trabalho? Qual era o sentido daquilo tudo?

Um papel específico chamou a atenção do aventureiro que, desesperado, procurou por sinais de como encontrar o amigo no meio daquela bagunça. O recado parecia ter sido escrito às pressas por Authentic durante uma luta, mas não ajudava muito: o desenho de uma torre, uma seta, a letra N e o nome de um tal de Grogg, de quem Builder nunca tinha ouvido falar. Mesmo assim, o aventureiro guardou o papel, pois ele poderia ser sua única pista para encontrar o amigo.

Uma pequena multidão já havia se juntado em frente à casa de Authentic por conta do barulho que Builder fez enquanto mexia na bagunça. Como deixou a porta aberta após o choque de flagrar a casa tão desorganizada, várias pessoas viam a cena e passavam a entender o que estava acontecendo. Instantaneamente, várias teorias começaram a ser inventadas. Builder decide que o melhor a fazer é tentar acalmar os ânimos de todos que estavam ali, apesar de também estar apavorado.

– Pessoal, vamos dar um espacinho aqui, por favor. Sem juntar todo mundo na porta!

Foi o suficiente para várias pessoas começarem a falar ao mesmo tempo:

– Builder, o que aconteceu?

A BATALHA DA TORRE

– Cadê o Authentic?

– O que vai acontecer com a gente?

– É o fim dos tempos!

– Meus filhos não vão mais sair de casa!

– Eu estou com tanto medo!

Os moradores começaram a falar cada vez mais rápido e mais alto, até tudo virar um burburinho só.

– Gente... Ei, pessoal... Ei, CALMA! – gritou Builder.

Na mesma hora todos ficaram quietos, olhando para o aventureiro, esperando que ele dissesse o que deveriam fazer. Mas ele mesmo estava bem perdido com essa situação.

– Eu, hummm... ainda estou juntando os pontos sobre o que aconteceu. Mas já tenho uma boa ideia! Preciso levar alguns objetos para o prefeito e só depois disso resolver o que fazer. Por favor, fiquem calmos e esperem um pouco.

– Mas, Builder... pegaram o Authentic! Se conseguiram levar o nosso protetor, imagine o que vão fazer com a gente?

– Ninguém mais vai ser pego. Isso eu prometo! – disse Builder, determinado, abrindo caminho pela multidão.

Enquanto caminhava o mais depressa que podia até a prefeitura, Builder começou a se lembrar dos momentos marcantes de sua amizade com Authentic. Começaram a passar na sua cabeça imagens das primeiras lutas com creepers quando eles fundaram a Vila Farmer, os primeiros túneis feitos nas montanhas para coletar os recursos que iriam se tornar paredes das casas e muros de perímetro... E, principalmente, a vez em que Authentic salvou sua vida.

AUTHENTICGAMES

Era uma noite fria e apenas as fundações do que seriam as casas do centro da vila estavam no lugar. Builder estava cochilando próximo a uma fogueira quando acordou com o barulho inconfundível de aranhas se aproximando. Quando abriu os olhos, foi surpreendido pela visão mais aterrorizante da sua vida: dezenas das criaturas avançavam sobre o acampamento em uma velocidade incrível; gritos de alarme já tinham começado a soar, mas era tarde demais.

Após longos minutos de luta contra as aranhas, Builder começava a sentir o cansaço tomar conta do seu corpo. Suas reações começaram a ficar mais lentas, mas os mobs continuavam a chegar, um atrás do outro... até que ele foi derrubado no chão.

Ao cair, sua cabeça bateu em uma pedra. Com a visão embaçada, ele se preparou para o pior enquanto uma aranha pulava em sua direção. Até que, momentos antes daquele que seria seu último suspiro, Authentic acertou a criatura com sua espada de diamante, virando-se em seguida e oferecendo a mão para o amigo caído.

— Esses bichos são ferozes, mas nós temos uns aos outros. Juntos somos mais fortes!

— O-obrigado, Authentic.

— Você faria o mesmo por mim. Vamos acabar com eles de uma vez! – disse o herói, com uma piscadela.

Parado em frente à porta da prefeitura, Builder se preparou para dar a pior notícia da sua vida. Não seria nada fácil.

2

DE MAL A PIOR

BUILDER SABIA MUITO BEM QUE AS NOTÍCIAS VIAJAVAM rápido na vila, mas não conseguia acreditar que as novidades já tivessem alcançado a prefeitura antes de ele mesmo conseguir chegar lá. A porta do prédio se escancarou no momento em que ele estendia a mão para tocar a campainha. Parecia que já o estavam esperando. Assim que a porta se abriu, deu de cara com o padeiro Arthur, pai de Nina, que, vendo o nervosismo estampado no rosto de Buider, colocou uma mão no seu peito, bloqueando a sua entrada.

— Calma aí, Builder!

— Desculpe, Arthur. Mas estou com muita pressa. Preciso falar com o prefeito! Agora!

— Eu sei, mas antes você precisa ver isso... – disse Arthur, com um tom de voz nervoso, ao mesmo tempo em que puxava um papel do bolso.

OS DIAS DOS MORADORES DA SUPERFÍCIE ESTÃO CONTADOS.
NEM O SEU GRANDE HERÓI PODE SALVÁ-LOS.
MOBS DOMINARÃO O MUNDO TODO

Estava claro para Builder que o recado tinha sido deixado pelos esqueletos que invadiram a casa de Authentic, mas de onde Arthur havia tirado isso? Quase lendo os pensamentos do aventureiro, o homem começou a falar:

— Estava pendurado na porta do Authentic. Encontrei hoje de madrugada quando fui para a padaria. Levei o recado imediatamente para o prefeito, para que ninguém mais o visse e a vila toda entrasse em pânico. Porém, parece que agora já era... – falou Arthur. – Agora sim você pode entrar. O prefeito está esperando – ele emendou, apontando para uma porta.

AUTHENTICGAMES

Assim que entrou na sala do prefeito, Builder percebeu que ele estava bem nervoso.

– Olá, meu rapaz. Vamos, o Pequeno Conselho já está reunido e nos espera.

O Pequeno Conselho é um grupo de moradores mais velhos que discute assuntos importantes relacionados à vila, especialmente para grandes decisões e quando alguma emergência acontece. Builder já tinha visto várias vezes os rostos dessas pessoas que ele conhecia tão bem, mas sempre ficava com uma pontinha de medo ao ter que encarar esse grupo.

– Builder... Sente-se, meu filho... – disse o prefeito.

– Bom, acho que não tenho novidades para vocês, além de ter achado isso aqui na casa do Authentic – Builder disse de uma vez, sem dar tempo ao Conselho, puxando o papel que havia guardado.

O Conselho começou a analisar o papel entre cochichos, mas o prefeito não tirava os olhos de Builder, com uma expressão que o aventureiro entendeu como uma mistura de pena e preocupação.

– Bom, isso está bem claro para mim. Authentic ainda está vivo – disse o ferreiro.

– Temos que resgatá-lo! – Builder falou, dando um passo à frente e batendo as mãos na mesa.

– Sem dúvida, sem dúvida... Acha que consegue fazer isso, meu filho? – perguntou o prefeito, que ainda não tinha tirado os olhos de Builder.

– E-eu?

— É claro! Quem mais teria chance aqui?

— Você não se dá muito crédito, mas é um aventureiro incrível, Builder — completou o pai de Nina, que tinha entrado na sala sem ele notar. — Se tem alguém que pode fazer isso, é você.

Era ótimo receber a confiança das pessoas. Mas aquilo também significava ter uma grande responsabilidade, afinal, a segurança de todos os moradores da vila estava em suas mãos. Builder bateu no peito, com uma inesperada injeção de energia, aumentando sua coragem.

— Eu vou dar tudo de mim! Podem contar comigo.

— Sabia que você concordaria — disse o prefeito, batendo palmas, para em seguida tirar um papel do bolso do paletó. — Fiz uma lista do que você vai precisar para a missão. Pegue.

Builder pegou a lista e, muito sério, acenou para o Conselho. O ferreiro colocou uma mão em seu ombro.

– Posso dar a armadura e a espada, garoto. Não são as melhores do mundo, mas vão ajudar você.

– Obrigado. Vou passar na sua casa antes de partir!

– Não precisa correr tanto, meu filho. Colete o que precisar e depois venha falar comigo. Você pode partir amanhã cedinho – disse o prefeito.

Todos começaram a caminhar em direção à porta, para cuidar das tarefas do dia, apesar dos ânimos estarem bem estranhos. Builder seguiu os outros, ainda sentindo os olhos do prefeito em suas costas. Ele começou a fazer o caminho de volta para sua casa para pegar algumas das coisas que precisaria e notou a mudança enorme em como as pessoas se comportavam: todos estavam cabisbaixos, andando mais devagar. Era quase possível sentir e tocar o medo que rondava a vila.

Outra coisa curiosa também aconteceu: quando Builder passava e os moradores olhavam para ele, o aventureiro conseguia notar que por um segundo eles ficavam mais tranquilos, com um brilho no olhar. Aquilo o motivou cada vez mais e apagou suas dúvidas se tinha sido uma boa ideia topar essa aventura. Até que chegou em casa, pegou uma mochila e começou a enchê-la com as tochas que tinha guardadas em um baú.

Escutou uma batida na porta e foi atender. Era o seu vizinho caçador, Tomás, vindo lhe entregar um arco e dezenas de flechas. Builder agradeceu muito, e saiu logo em seguida, pois queria começar sua jornada antes mesmo da noite cair.

A BATALHA DA TORRE

Antes de deixar as fronteiras da vila, Builder foi à casa do ferreiro, que estava esperando por ele na porta, com uma sacola no chão ao seu lado.

– Aqui, rapaz. O que eu tenho de mais eficiente. Não é muito, como eu disse, mas é melhor do que nada...

– O senhor é um excelente ferreiro, tenho certeza de que vai me ajudar muito!

– Espero que sim. Você é a nossa única esperança! Nenhuma outra pessoa dessa vila tem a sua coragem ou já encarou o que você e o Authentic passaram para chegarmos até aqui.

– Eu vou trazê-lo de volta, custe o que custar.

– É assim que se fala! Boa sorte!

Com a confiança fortificada, Builder começou a fazer seu caminho até a borda da vila novamente, só que dessa vez usou o tempo que podia para conversar com quem passava pelo seu caminho. Era importante mostrar a todos que nada iria abalar a sua confiança até que encontrasse o amigo. Sua determinação começou a contagiar os outros moradores e, em pouco tempo, os ânimos pareciam mais calmos.

Já passava do meio da tarde. Ele havia perdido tempo demais com o conselho e recolhendo os itens para a jornada.

– Buildeeeeer! Ô, Builder!

Ele não precisava nem se virar para saber quem era.

– Oi, Nina! – respondeu sem olhar.

A garota o alcançou, com um sorriso enorme no rosto.

– Você está pensando em sair de fininho agora em vez de esperar amanhã como pediu o prefeito, não é?

AUTHENTICGAMES

– Como você sabe disso?

– Meu pai me contou sobre a reunião que aconteceu hoje na prefeitura e eu conheço você, Builder – respondeu Nina, dando uma piscadinha.

– Não quero esperar só por causa da noite que se aproxima. A vida do Authentic pode depender desse tempo!

– Também acho. O que você está levando na mochila?

– Umas tochas, armadura e flechas. Apenas coisas de aventureiro, sabe?

– Nossa, que aventureiro burro! – riu Nina.

– Como assim?

– Você está levando SÓ isso para ficar sabe-se lá quanto tempo fora da vila?

– É, ué.

– Tsc... Você precisa pelo menos de um cobertor e um cantil para levar água. No mínimo. Todo mundo sabe disso.

– É, mas... Mas... Eu preciso estar leve, sabe... Para... Para... cobrir mais território! – disse Builder, totalmente envergonhado com a situação.

– Sei... Leve que nem a sua cabeça vazia! – rebateu Nina, encostando o dedo na testa de Builder.

– Ai! Tá, tá... Eu vou pegar isso antes de ir embora, mas vou hoje mesmo assim.

– É isso aí!

Pensando em como conseguir aquelas coisas para não se dar mal por aí, Builder acabou passando mais uma vez em frente à casa de Authentic. Ele se lembrou do recado que tinha

A BATALHA DA TORRE

encontrado antes, com uma seta para cima e a letra N... o que aquilo queria dizer?

– É claro! Norte! – gritou Builder empolgado, batendo com a mão na testa.

Os mobs o levaram para o norte! Tirou do bolso sua lista, escreveu o que faltava e resolveu dar uma olhada ali mesmo, na casa do Authentic, já que eram bons amigos e ele tinha certeza de que seu parceiro de aventura não iria se importar em emprestar algumas coisas para ele – especialmente para quem estava tentando salvá-lo!

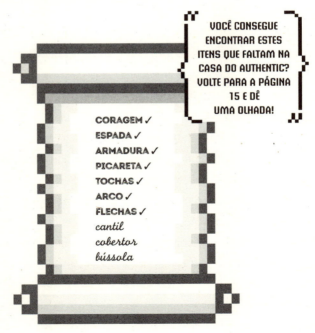

AUTHENTICGAMES

Builder revirou a casa de Authentic atrás dos itens que precisava. O cantil e a bússola foram fáceis de encontrar – um estava caído no chão e o outro em cima da escrivaninha –, mas não conseguia ver um cobertor. Acabou pegando um casaco pesado que estava ali por perto e serviria bem caso o tempo mudasse. Respirou fundo e saiu pela porta, onde acabou dando de cara com o prefeito.

O prefeito da cidade parecia ter saído de um filme antigo. Era baixo e estava sempre bem-vestido, com terno e gravata. Cultivava um grande bigode, que era tão grosso que ovelhas poderiam invejá-lo. Era estranho conversar com ele, já que sua boca sempre ficava escondida sob o bigode e parecia que o som estava vindo de algum outro lugar. Sabendo disso, o prefeito sempre preferia falar frases curtas.

– Não vai esperar até amanhã mesmo?

– Não posso. Sinto que todo minuto conta.

– Tudo bem, Builder, faça como preferir.

– Quanto antes eu partir, mais rápido volto com o Authentic!

– Tomara, meu filho! Aqui, pegue isso.

O prefeito tirou um pedaço de papel dobrado do bolso e o entregou para Builder. Ao desdobrar, viu que se tratava de um mapa da vila e seus arredores. O aventureiro começou a analisar o que existia para o norte, notando a grande Floresta das Agulhas, as dunas do Deserto Quente Pra Valer e, então, a Terra dos Mobs. Um nó se formou no estômago de Builder quando veio a certeza de que teria que entrar na Terra dos Mobs para resgatar Authentic; era o único lugar que fazia sentido.

TERRA
DOS MOBS

AGORA SIM VOCÊ ESTÁ
PREPARADO PARA A
AVENTURA! VEJA NO MAPA
O CAMINHO QUE VAI
PERCORRER ATÉ A TERRA
DOS MOBS.

DÁSIS

TEMPLO PERDIDO

DESERTO QUENTE
PRA VALER

FLORESTA
DAS AGULHAS

VILA
FARMER

AUTHENTICGAMES

Percebendo o que passava pela cabeça do rapaz, o prefeito apontou para a parte mais ao norte do mapa e deu batidinhas no papel.

— Esse vai ser um grande desafio, rapaz.

— Eu sei... Não vai ser fácil passar por todos esses lugares.

— Temos fé em você, ...

— Você... Você usou meu nome de verdade!

— Sim... Eu sei que você não gosta do seu apelido, apesar de ser bem legal. Você constrói, e inclusive constrói ânimo nas pessoas. Eu fiquei sabendo o que você fez com os moradores durante o dia.

— Mas eu só falei com eles e tentei animar as coisas um pouco...

— E isso é um dom. Veja a diferença no olhar dos outros.

Builder olhou ao seu redor e reparou nas pessoas que retornavam às suas casas depois de um dia de trabalho. Não era a vila sorridente de sempre, mas podia notar algo realmente diferente nelas, como se o medo da manhã tivesse sido enxotado dali, com o rabo entre as pernas. Ele finalmente entendeu o que era aquilo e o que tinha construído durante o dia: uma determinação muito forte, que unia as pessoas da vila do mesmo jeito que Authentic e ele haviam unido blocos anos atrás para criar a primeira casa do lugar.

— O Authentic é um dos blocos da base dessa vila. Quando voltarmos, estaremos mais fortes que nunca – falou Builder.

— Boa sorte, meu jovem – disse o prefeito, despedindo-se do aventureiro.

3

ESPETINHO DE ARANHA

BUILDER CAMINHOU POR HORAS ANTES DE DECIDIR PARAR e fazer uma fogueira. Esticou as pernas na grama e colocou todos os papéis que tinha trazido no chão: a nota dos mobs, o recado de Authentic e o mapa do prefeito.

Ele não conseguia entender esse comportamento dos mobs: por que sequestrar o Authentic? Eles normalmente atacavam as muralhas da vila de tempos em tempos, mas sempre de um jeito tímido. Parecia que faziam aquilo apenas para lembrar a todos que ainda existiam. Esse tipo de organização não era comum para as criaturas malignas do mundo.

Parou para olhar novamente aqueles papéis, que eram suas únicas pistas para decidir o que faria dali em diante, e passou um

AUTHENTICGAMES

bom tempo analisando o mapa dos arredores. Estava a poucos passos da Floresta das Agulhas, que tinha esse nome devido ao formato das suas árvores, muito altas e um pouco pontudas. Em algumas partes da mata, elas cresciam tão juntas que a luz do sol não alcançava o chão, e por isso, segundo os rumores, vários ninhos de aranhas se espalhavam a perder de vista no local.

Builder sabia muito bem que aquilo existia de verdade, pois chegou a ver os ninhos com os próprios olhos em uma de suas aventuras com o Authentic. Na ocasião, os dois amigos decidiram sair de fininho o mais rápido que podiam, pois eram aranhas demais para apenas dois aventureiros enfrentarem. Perdido em suas lembranças, Builder adormeceu sentado em frente à fogueira.

A BATALHA DA TORRE

Na manhã seguinte, Builder acordou com um pouco de dor nas costas. Alongou-se um pouco, ajustou a armadura que o ferreiro lhe deu, empacotou suas coisas e voltou a trilhar o caminho para a floresta. Andava bem rápido, mas sem correr para não se cansar muito cedo na longa jornada que teria pela frente.

Pelas suas contas, levaria dois dias para atravessar a floresta, que era a parte fácil da jornada – depois, teria que enfrentar vários dias no Deserto Quente Pra Valer. Só então ele finalmente alcançaria a Terra dos Mobs, onde teria que se virar para encontrar o caminho certo, já que ninguém passou da fronteira para registrar como aquele lugar horrível era de perto. Pelo menos ele sabia que teria que procurar por uma torre, graças ao recado que Authentic deixou às pressas na sua casa.

A TORRE AINDA ESTÁ MUITO DISTANTE. VOCÊ AINDA PRECISARÁ ENFRENTAR DIVERSOS DESAFIOS ATÉ CHEGAR LÁ!

Quando entrou na floresta, o clima mudou rapidamente, com as árvores bloqueando boa parte do sol e deixando tudo mais frio. Builder pegou o casaco de Authentic e o jogou sobre as costas, apertando mais o passo. Teria que ficar muito atento dali em diante para não cair em uma armadilha. O aventureiro passou a prestar ainda mais atenção nos sons da floresta, reconhecendo cantos e barulhos típicos de animais, mas, pelo menos até aquele momento, nenhum deles aparentava perigo.

Builder caminhou até começar a anoitecer, chegando mais perto do coração da floresta, aquele lugar perigoso e cheio de aranhas. Não era o caminho mais seguro, mas com certeza era o mais rápido. Por isso, ele decidiu arriscar, já que precisava se apressar para ter mais chances de encontrar o amigo. Tomando ainda mais cuidado que o normal, seguiu pela trilha procurando um lugar para montar acampamento e... CRECK!

O barulho de um galho quebrando veio de algum lugar à esquerda de Builder. Tenso, sacou sua espada e esperou, tentando ver ou ouvir mais pistas sobre o que estava à espreita. Porém, tudo estava em silêncio novamente. Builder acendeu uma tocha e a levantou sobre sua cabeça, tentando enxergar o mais longe possível dentro da mata, o que foi respondido com uma sucessão de sons agudos e assustadores, provavelmente de seres que ele conhecia bem até demais: aranhas.

Paralisado pelo medo que foi criado pelas lembranças dos primeiros dias da construção da Vila Farmer, Builder ficou sem saber o que fazer. O barulho ficava cada vez mais forte, tornando-se um coro na escuridão ao seu redor até que, lentamente,

A BATALHA DA TORRE

uma aranha gigante começou a andar em sua direção, abrindo e fechando suas poderosas pinças.

Aquela era a hora da verdade, o primeiro teste da sua difícil jornada. As memórias do ataque de anos atrás se misturaram com o que aconteceu no dia anterior. Os rostos dos habitantes da vila começaram a passar como um filme em sua cabeça: o prefeito, Nina, Tiago, Authentic...

Nesse momento, como se um fogo se espalhasse pelo seu corpo, Builder recuperou sua coragem e sentiu seus membros destravarem, recuperando o controle da situação. Então, ele se colocou em posição de ataque e gritou:

– O que você está esperando? Um convite?

Assim que a aranha saltou em direção de Builder, o mundo ficou em câmera lenta. O aventureiro podia ver mais aranhas se revelando na luz que sua tocha emitia. O vento movia as folhas das árvores, e a luz que ele segurava fazia com que os olhos das aranhas brilhassem no escuro. Se ele não estivesse com tanto medo, com certeza acharia aquela cena linda. Ele se adiantou, erguendo espada e tocha ao mesmo tempo, antecipando-se ao movimento que a primeira aranha fazia no ar.

Quando a criatura aproximou-se do corpo de Builder, ela pegou fogo, e foi atravessada pela espada. A aranha em chamas acabou caindo em cima do aventureiro que, assustado, lutava para sair de baixo do bicho antes que se queimasse.

O aventureiro se arrastou para longe o mais rápido que podia e se levantou, procurando pelas demais colegas do monstro. Com a luz emitida pela aranha em chamas, ele podia

AUTHENTICGAMES

ver várias delas chegando cada vez mais perto. Colocou-se novamente na posição de ataque e... a espada?! Ela ainda estava na barriga da primeira aranha! E agora?

Builder fez a única coisa que podia naquele momento: correu. Desviando o melhor que podia de ataques das aranhas, Builder encontrou uma brecha e disparou pela mata. Conseguia escutar os monstros o seguindo, e pensou que eles certamente enxergavam melhor do que ele no escuro. Sem saber onde estava indo, correu até que seus pulmões começassem a queimar. Estava a ponto de desistir quando escutou um grito:

– Ei! Por aqui! Rápido!

Sem pensar duas vezes, Builder correu em direção à voz. Qualquer coisa que soubesse falar seria melhor naquele momento que o barulho aterrorizante de dezenas de aranhas gigantes correndo atrás dele. O aventureiro chegou a uma clareira, onde conseguia ver um pouco melhor graças à luz da lua, e notou um vulto alto do que parecia um homem tentando fazer faíscas próximas ao chão.

– Fique perto de mim! – disse o vulto.

Naquele momento, as faíscas feitas pelo desconhecido acertaram algo no chão e um grande círculo de chamas surgiu ao redor dos dois, criando uma barreira protetora e iluminando boa parte da clareira. Era possível ver as aranhas encarando-os como se esperassem o fogo apagar. Com a nova fonte de luz, Builder finalmente conseguiu olhar para seu salvador: um homem ruivo, barbado, que carregava um machado nas costas. Ele tinha um olhar sério, porém bondoso.

A BATALHA DA TORRE

– Meu nome é Jorge. Normalmente as aranhas me deixam em paz, mas acho que não resistiram à tentação de carne nova, não é mesmo?

– Pois é... Obrigado, Jorge. Meu nome é... Builder.

– Builder? Que nome incomum!

– É como os moradores da Vila Farmer me chamam – respondeu. – É um apelido carinhoso.

– Muito bem, Builder. Vamos conversar lá dentro? – disse Jorge, apontando para uma cabana dentro do anel de fogo.

– Sim, claro – concordou, limpando o suor da testa. – Essa corrida toda me deu uma canseira...

A cabana de Jorge era simples, mas confortável. A única divisão de cômodos eram as paredes do banheiro, enquanto sala, cozinha e quarto se uniam em um grande espaço aberto. Peles de animais decoravam o chão, enquanto algumas armas estavam penduradas nas paredes. Builder notou um curral do lado de fora, visível pela janela. Apesar da roda de fogo ao redor da clareira, os animais estavam tranquilos – já deviam estar acostumados ao fogo que Jorge acendia para se proteger.

– É um belo truque esse que você usou contra as aranhas – comentou Builder, enquanto Jorge separava um prato de comida na cozinha.

– Sim, tive essa ideia há muitos anos. Funciona toda vez que as aranhas aparecem.

– Elas incomodam muito?

– Antes eram mais insistentes, mas depois que perceberam que não seria fácil me derrubar, começaram a me deixar em paz.

– Você disse que está aqui há muitos anos. Por que decidiu viver no meio da floresta, com a vila a poucos dias de viagem daqui? – perguntou Builder, sentando em uma poltrona.

– Prefiro viver sozinho. Conheço algumas pessoas da Vila Farmer, mas resolvi cuidar das minhas coisas por aqui. É bem mais tranquilo.

– E perigoso!

– Sem dúvida, mas o que seria da vida sem alguns riscos? – respondeu Jorge com um sorriso irônico, enquanto esticava a mão para entregar um prato de comida para Builder.

– Obrigado!

Enquanto Builder devorava a comida oferecida, prestou atenção no comportamento de Jorge. O homem se sentou no sofá e suspirou, com uma sombra de tristeza passando pelos seus olhos. Percebendo que o aventureiro o observava, mudou rapidamente de postura e começou a falar novamente:

– Mas se você é da vila, o que faz aqui na floresta?

– Estou em uma missão de resgate – Builder respondeu, sentindo todo o peso das últimas horas mais uma vez.

– Resgate? Como assim?

– Os mobs entraram na vila na noite retrasada e sequestraram o Authentic.

– Authentic? Não! – disse o fazendeiro, que apesar de recluso, conhecia bem a fama de herói que ele possuía. Ele se levantou e começou a andar pela sala, visivelmente perturbado.

– Você conhece o Authentic? – perguntou Builder, intrigado com o comportamento do anfitrião.

A BATALHA DA TORRE

— Authentic é uma lenda por toda essa parte do mundo. Ele é uma inspiração para todos.

— Então, você vai me ajudar?

— Sem dúvida, vou fazer tudo que puder! Mas não posso acompanhar você nessa missão.

— Eu não pediria para mais ninguém arriscar a vida comigo, mas seria ótimo se conseguisse mais água e comida e pudesse me guiar até o deserto. E eu também perdi minha espada.

— Posso resolver tudo isso para você, Builder. Sobre a espada, pode escolher a que quiser! — falou Jorge, apontando para a parede da cabana.

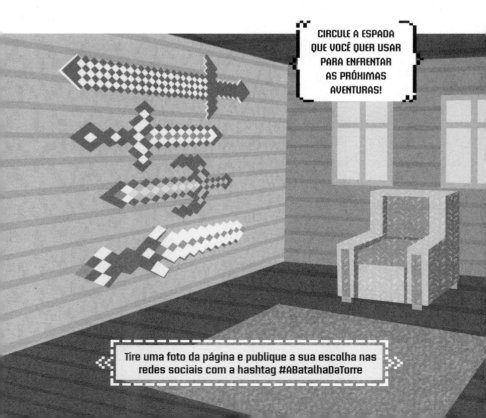

CIRCULE A ESPADA QUE VOCÊ QUER USAR PARA ENFRENTAR AS PRÓXIMAS AVENTURAS!

Tire uma foto da página e publique a sua escolha nas redes sociais com a hashtag #ABatalhaDaTorre

AUTHENTICGAMES

Depois de escolher a arma, Builder terminou seu prato de comida rapidamente, pois toda a ação daquela noite tinha deixado o aventureiro quase sem energias. Sentindo o cansaço invadir seu corpo, começou a lutar para ficar acordado.

– A comida estava muito boa, Jorge! Tão boa, aliás, que agora está difícil de ficar em pé...

– Fique tranquilo, garoto. Descanse bem, amanhã cedinho nós partiremos para a borda da floresta.

– Obrigado mais uma vez! Por curiosidade... O que tinha na comida? Acho que nunca senti esse gosto antes!

– Eram espetinhos de aranha, com um pouco do meu tempero secreto.

– Espetinhos de ARANHA?

– É. Com um tempero especial. Desculpe, mas não posso contar meu segredo – Jorge respondeu com uma piscada suspeita. Builder deu um riso meio frouxo, sentindo seu corpo tremer um pouco.

Prometendo a si mesmo ser mais cuidadoso com a comida dali para a frente, Builder adormeceu no sofá.

4

CAÇA AO TESOURO

QUANDO A MANHÃ CHEGOU, JORGE ENTREGOU UM CANTIL extra e vários fardos de comida para Builder – que só guardou as refeições na mochila depois de ter certeza de que elas não tinham nenhum pedacinho de aranha. Os dois saíram pela porta dos fundos, passando pelo curral do fazendeiro.

– Dei uma olhada pelas redondezas enquanto você dormia e notei rastros que não eram das aranhas perto daqui... Os mobs que você mencionou devem ter passado durante a noite do sequestro.

– Jorge, precisamos seguir esses rastros! Posso achar mais pistas!

– Tudo bem, mas, veja, vai demorar um pouco mais do que

AUTHENTICGAMES

a rota que tinha planejado até o fim da floresta – respondeu Jorge, apontando para o mapa que Builder carregava consigo.

Builder tirou um momento para considerar suas opções: poderia chegar mais rápido até a borda da floresta e continuar uma corrida cega contra o tempo ou fazer uma rota mais longa, com a chance de encontrar mais pistas sobre o estado de Authentic ou até mesmo sobre os motivos que levaram os mobs a sequestrar o herói. Isso poderia ajudar a entender um pouco melhor o comportamento estranho dos monstros daquela parte do mundo. A mensagem deles sobre os dias contados continuava a assombrar a mente do aventureiro e ele gostaria de ter uma ideia melhor do que estava enfrentando. Precisava continuar investigando.

– Vamos seguir os rastros – decidiu Builder.

– Pois bem. Vamos rápido então, quero chegar à borda da floresta antes de anoitecer.

A dupla começou a seguir os rastros deixados pelos mobs floresta adentro. Diferentemente da primeira parte de sua caminhada, Builder não escutava nenhum barulho dos animais da floresta, o que era muito esquisito.

– Está quieto demais... Cadê os bichos do mato?

– Os mobs passaram por aqui há pouco tempo... A aura maligna deles faz com que os bichos fiquem longe. É bem comum – explicou Jorge.

– Puxa, não sabia!

– Lembre-se sempre disso, Builder: se tudo estiver muito quieto, provavelmente é sinal que tem confusão chegando!

A BATALHA DA TORRE

Depois de mais alguns minutos de caminhada, Builder notou algo caído no chão da floresta, quase todo coberto pelas folhas de árvores: o cinto de Authentic com a bainha, mas não havia sinal de sua icônica espada de diamante. Então, dois sentimentos se misturaram na mente de Builder: alívio, por saber que estavam no caminho certo, e tristeza, pois agora ele tinha certeza de que Authentic estava desarmado.

– Não há sinais de luta! O Authentic deve ter tirado o cinto para marcar o caminho – comentou Jorge, botando a mão no ombro do aventureiro para consolá-lo.

– Mas e a espada?

– Os mobs já deviam estar com ela antes disso, para não arriscar uma surpresa enquanto viajavam.

Ainda mais determinados pela confirmação de terem escolhido o caminho certo, a dupla seguiu adiante. Conforme caminhavam, Builder se viu em outra área da floresta tão densa quanto os ninhos das aranhas. O silêncio na região era enorme e, ao se lembrar da dica que Jorge tinha dado antes, o aventureiro ficou bastante preocupado.

– Você conhece essa parte da floresta, Jorge?

– Já passei perto, mas nunca entrei nesse pedaço. Tem algo ruim por aqui...

O silêncio da mata foi quebrado por um barulho parecido com um pavio aceso. Builder sabia bem o que aquele som queria dizer e entrou em alerta imediatamente: tinha um creeper por perto, prestes a detonar! Um não, eles estavam rodeados por vários deles.

43

A BATALHA DA TORRE

Jorge armou seu arco o mais rápido que pôde, movimento que Builder repetiu imediatamente. Enquanto andavam para trás para tentar manter uma distância segura dos monstros, começaram a disparar flechas para espantá-los.

Foi aí que outro perigo se apresentou: os creepers acertados explodiam, derrubando as árvores ao redor. Por isso, além de precisarem se preocupar com os monstros e fugir das explosões, Builder e Jorge tinham que ficar atentos para não serem esmagados pelas árvores que caíam. A confusão só aumentava, e a cada segundo mais e mais creepers surgiam de todos os lugares. Será que essa floresta não tinha nada de bom?

Provavelmente não, já que uma árvore acertou a perna de Jorge, prendendo o fazendeiro no chão. Desesperado, Builder começou a atirar flechas o mais rápido que podia, conseguindo parar o avanço dos creepers por alguns poucos segundos. O aventureiro correu para ajudar o novo amigo, mas o tronco era muito pesado para que eles pudessem fugir com a rapidez que precisavam.

Tudo parecia perdido, até que um pequeno vulto passou rapidamente na frente de Builder e parou em algum lugar à sua direita. Os creepers frearam repentinamente e começaram a se aproximar devagar. Acompanhando o movimento, Builder viu o que estava ao seu lado e suspirou aliviado, sabendo que os monstros não ofereciam mais risco.

– Miau!

Era um gato! Creepers odeiam gatos, fazia parte do instinto natural das criaturas. Nada mais justo também que os gatos detestassem os creepers. Quando o grupo de creepers se aproximou, o gato deu um pulo para a frente, ameaçando um ataque. Os monstros recuaram na mesma medida e pararam de andar. Aproveitando o momento, Builder ajudou Jorge a sair de baixo do tronco e começou a avaliar o estrago: o fazendeiro não conseguiria andar muito naquela situação.

O aventureiro começou a cortar pedaços de madeira do tronco caído, rasgou tiras de pano de seu casaco e fez uma tala improvisada para ajudar a perna de Jorge a suportar aquele difícil caminho.

— Precisamos voltar, Jorge. Sua perna não parece boa.

— Eu dou um jeito. Não se preocupe comigo. O importante é salvarmos o Authentic.

— Mas ainda tem muito chão pela frente!

— Já disse que dou um jeito! — Jorge insistiu. — Vou deixar você na borda da floresta e depois volto. Se a perna piorar, vou até a vila.

— Ok, você é quem manda — disse Builder, demonstrando a admiração que sentia pelo sacrifício do fazendeiro.

— Leve o gato com você. Ele pode ser muito útil para sairmos dessa situação — disse Jorge.

Builder pegou o bichano com uma mão e o segurou firme no colo, enquanto dava apoio para Jorge. Olhou em volta totalmente perdido, sem saber para que lado ir. Um dos caminhos levaria Jorge e Builder direto para um lago. O outro mandaria os aventureiros para uma clareira cheia de aranhas. Parecia que eles ainda andariam na floresta por horas.

AUTHENTICGAMES

Quando finalmente encontraram a saída, era chegada a hora de Builder se despedir do amigo. Apesar dos perigos enfrentados, a presença de Jorge tinha aliviado o fardo do aventureiro até o momento, mas o restante da jornada seria solitária.

– Jorge, não tenho como agradecer.

– Nem precisa. Só traga o Authentic de volta!

– Pode deixar comigo! Nada vai ficar no meu caminho!

– É assim que se fala, gostei de ver!

A dupla se abraçou e o fazendeiro começou a jornada de volta, desta vez segurando o gato firmemente no colo. Conforme Jorge retornava, Builder notou que os creepers não saíram da floresta, como se o trabalho deles já tivesse acabado e o interesse nos humanos havia evaporado. Realmente, o comportamento dos monstros estava cada vez mais esquisito!

Seguindo a trilha que dava para as dunas do Deserto Quente Pra Valer, Builder aproveitou para fazer uma pequena pausa e comer um pouco. Suas pernas pareciam agradecer a parada, relaxando totalmente os músculos e deixando o aventureiro pronto para mais uma longa caminhada. Ao mesmo tempo em que tirava esse merecido descanso, Builder percebeu mais rastros dos mobs que perseguia saindo da trilha. As pistas não estavam muito longe, por isso, ele poderia acompanhar tanto os rastros quanto a trilha se andasse pelo meio do barranco.

Ele estava bem perto da fronteira do deserto, com montes de areia se formando no meio da grama, quando os rastros do mobs se distanciaram da trilha. O aventureiro decidiu acompanhar os sinais pelo menos até que o deserto começasse

A BATALHA DA TORRE

para valer, onde o vento constante já teria feito qualquer pegada desaparecer há muito tempo. Ali, sua bússola seria a única guia para indicar a direção certa.

Ao descer uma das últimas colinas verdes da região, Builder notou que os rastros seguiam em direção a uma caverna. Como nunca tinha ido tão longe da área da vila, ele não fazia ideia para onde a caverna o levaria, mas talvez fosse mais cuidadoso seguir o rastro. Por outro lado, se seguisse pelo deserto, Builder saberia exatamente em qual parte da fronteira da Terra dos Mobs sairia, além de entender melhor os riscos que uma jornada pelas terras áridas apresenta. E agora, por onde ir?

> CAVERNA OU DESERTO? A ESCOLHA É SUA! SE QUISER IR PELO DESERTO, VIRE A PÁGINA. SE PREFERIR IR PELA CAVERNA, VÁ DIRETO PARA A PÁGINA 61.

5A

AREIA PARA TODOS OS LADOS

BUILDER DECIDIU CONTINUAR SUA JORNADA PELO DESERTO. Era uma área mais conhecida pelos outros humanos, com alguns raros pontos de água mapeados. Apesar de ter pressa para resgatar Authentic, também precisava ter cuidado para garantir que chegaria até a torre em condições de salvar o amigo.

O aventureiro viu quanta água ainda tinha e fez uma nota mental para se lembrar de economizar nos goles, já que o primeiro foco de água ficava bem longe da entrada do deserto. Enrolou um pano sobre a cabeça e começou a caminhar de forma desajeitada na areia.

Apesar do calor, Builder não tirou seu casaco. Já passava da metade do dia e a temperatura iria diminuir bastante assim

A BATALHA DA TORRE

que o sol fosse embora, então decidiu que continuaria do jeito que estava. O peso e o calor extra fizeram com que seu caminhar fosse mais lento do que na floresta. E aquilo irritava Builder profundamente. Ele não conseguia deixar para lá o senso de urgência que ficava na boca do seu estômago, empurrando-o para frente o tempo todo.

A distração causada por esses elementos quase fez a jornada acabar mais cedo, quando uma cobra tentou dar um bote em Builder, que nem tinha percebido o animal chegando perto de seu corpo. Com um movimento rápido de espada, tudo estava resolvido. O choque o despertou e, dali em diante, pelo menos os répteis não seriam mais problema — só que o deserto ainda reservava outras surpresas para o aventureiro.

Mesmo com o sol se pondo, Builder não diminuiu o passo; sua ideia era encontrar um lugar no qual pudesse descansar um pouco durante o dia, para evitar o pior do calor. Escutou barulhos estranhos em seu caminho, mas todos pareciam estar distantes e ele não deu muita atenção.

Na primeira noite, Builder andou sem acender nenhuma tocha, usando a luz da lua como guia. Ele notou como o deserto ficava bonito durante a noite, com o céu estrelado se perdendo em meio às dunas no horizonte. Podia ver com mais tranquilidade as formas que o vento desenhava na areia, assim como alguns animais que ele nunca tinha visto antes, espécies que só saíam durante a noite para procurar comida ou mudar de abrigo. Ele decidiu que armaria acampamento sobre a duna mais alta, assim que o sol aparecesse mais uma vez.

AUTHENTICGAMES

Após algumas horas de descanso, Builder voltou a andar sob o sol superforte, mas dessa vez sem o casaco, que ficou na mochila. O calor parecia ter triplicado desde o dia anterior, o que dificultava a jornada. Da mesma forma, quando o sol se pôs, o frio era absurdamente intenso, quase congelando as pernas de Builder enquanto ele seguia caminhando.

Pela primeira vez, Builder viu nuvens no deserto. Para seu azar, elas chegaram à noite, bloqueando a luz da lua e obrigando o aventureiro a acender a primeira tocha desde a noite das aranhas, quando conheceu Jorge. Seguindo seu caminho, Builder notou uma figura estranha ao longe; parecia uma pessoa, mas com algo diferente: as pernas eram muito compridas. Quando chegou mais perto e a luz de sua tocha alcançou a visão, percebeu que não era uma sombra feita pela noite, mas um Enderman carregando um bloco.

Builder nunca tinha encontrado uma criatura dessas antes, mas sabia da sua fama. Eles detestavam que olhassem diretamente para eles e podiam ser muito agressivos. Tomando cuidado para não encarar o Enderman, Builder seguiu seu caminho enquanto o monstro olhava diretamente para ele, até que mudou de ideia, virou-se e caminhou para outro lado com seu bloco de areia. O aventureiro arriscou olhar para onde o Enderman ia e percebeu que vários outros seguiam para a mesma direção. Intrigado, resolveu segui-los.

Mantendo uma distância segura, Builder acompanhou os Endermen até uma depressão no deserto. Do topo de uma duna, ele pôde ver centenas das criaturas levando blocos até um templo perdido no meio do deserto, como se quisessem ampliar a antiga estrutura, que estava quase toda coberta pela areia. Rapidamente, Builder checou seu mapa e sua bússola: não tinha desviado tanto da rota que havia traçado e aquele templo daria um excelente abrigo para o calor do dia no deserto.

Assim que deu o primeiro passo em direção à construção, todos os Endermen pararam o que estavam fazendo e se viraram em sua direção, como se tivessem sentido a aproximação de um humano. Builder estava em uma enrascada. Parado e olhando para o chão tentando evitar a fúria de tantos monstros ao mesmo tempo, começou a se lembrar de uma conversa que teve com Authentic anos atrás.

Os amigos estavam sentados na recém-construída casa do herói da vila, que foi a última a ser levantada, já que Authentic se recusava a ter uma casa antes dos demais moradores. Já era tarde da noite, mas a conversa estava boa e a dupla estava acostumada a passar altas horas batendo papo desse jeito.

— E essa história dos Endermen, Authentic? Já viu um desses por aí?

— Só uma vez, há muuuito tempo.

— E aí? Eles são tão ruins quanto dizem?

— Só se você provocá-los. O que é bem fácil de fazer, na real.

— Como assim?

— Bom... basta olhar para um que ele se irrita a ponto de atacar você. De canto de olho tudo bem, só não pode encarar.

— Que esquisito!

AUTHENTICGAMES

— É, eles são bem esquisitos. Mas não incomodam se você seguir seu caminho. Uma vez um estava me dando um trabalhão, pois eu não queria briga. Daí aconteceu uma coisa muito estranha...

— O quê? Ele parou?

— Não... Quando o sol nasceu, ele desapareceu!

— Ué... teletransporte?

— Provavelmente. Mas é só tomar cuidado para não olhar para um — especialmente para mais de um, Builder!

— Cara, já falei que esse não é o meu nome! — Builder respondeu fingindo irritação, mas dando um sorriso.

OLHA SÓ QUANTOS ENDERMEN! NÃO OLHE DIRETAMENTE PARA ELES PARA NÃO PROVOCÁ-LOS, OK?

A BATALHA DA TORRE

Era isso: o sol! Builder só precisava esperar até o amanhecer para tudo ficar bem, sem precisar enfrentar as centenas de Endermen ao redor do templo – o que já seria uma batalha perdida de qualquer jeito. Respirando fundo, fechou os olhos e sentou na areia, fazendo um grande esforço para resistir à tentação de dar uma espiada no que acontecia.

Aos poucos percebeu que os Endermen se aproximavam, ficando a uma distância nada confortável. Podia escutá-los fazendo ruídos estranhos, sem falar no barulho dos blocos sendo derrubados ao seu redor. A pressão para abrir os olhos era enorme, mas Builder resistiu, focando em memórias boas da Vila Farmer.

Começou a pensar nos sorrisos dos moradores quando suas casas ficavam prontas. A comemoração logo que os primeiros comércios foram inaugurados na praça central, com todo mundo presente para dar os parabéns aos donos. Ele se lembrou também das festas de colheita, com as crianças tentando ganhar prêmios nas barracas de jogos. Builder sorriu com as memórias, até que percebeu outro som ainda mais problemático para sua situação: o chocalho de uma cobra.

Mexer-se sem abrir os olhos seria loucura, então Builder prendeu a respiração e ficou atento aos sons da cobra que se aproximava. Depois de alguns instantes, passou a sentir o animal enquanto ele subia pelas suas costas e passava pelo seu ombro. A cobra parou de se mexer e o aventureiro podia sentir que o réptil analisava sua provável presa, bem de frente para o seu rosto. Segurar o ar já estava ficando muito difícil e, após muitos segundos, que pareceram uma eternidade, a cobra decidiu seguir seu caminho.

Expirando com força, Builder abaixou a cabeça e decidiu arriscar abrir os olhos por um momento, fitando o chão. Estava tenso demais para manter aquela situação sem uma pausa para aliviar. Quando abriu os olhos, deu de cara com o rosto de um Enderman que, abaixado, olhava diretamente para aventureiro, como se estivesse pedindo por uma briga.

O ruído feito pela criatura era aterrorizante. Em resposta, todos os outros monstros reunidos ao redor de Builder imitaram o som. Com um pulo, o aventureiro se levantou, derrubando o Enderman que o encarava, e começou a correr, tentando olhar para o chão, evitando que mais deles o atacassem. Quando tomou uma distância segura, virou-se e conseguiu notar pela visão periférica que só três dos Endermen estavam atrás dele, mas todos os outros tinham se virado para acompanhar o que acontecia. Como poderia lutar em uma situação dessas? Um bloco passou voando pela cabeça de Builder, que desviou por puro reflexo. Um dos Endermen estava atacando de longe enquanto os dois restantes se aproximavam. Sacou sua espada e esperou, sabendo que sua melhor chance para não piorar a situação era bloquear os ataques e aguardar.

Desviar dos ataques de dois Endermen não era uma tarefa fácil em nenhuma situação, mas Builder se defendia dos golpes e saía do caminho de blocos com uma rapidez invejável. Por mais que tentassem, os monstros não conseguiam passar pela defesa do aventureiro. Parecia que Builder conse-

A BATALHA DA TORRE

guiria se virar muito bem mesmo olhando para o chão, até que a teoria do teletransporte de Authentic foi confirmada do pior jeito possível: o monstro que estava mais distante atirando blocos em sua direção apareceu atrás do aventureiro, dando um golpe bem na sua nuca.

A pancada surpresa fez Builder tropeçar e perder todo o cuidado que havia tido até aquele momento. Girando com um golpe de espada, eliminou o Enderman esperto, mas, ao fazer isso, ele se esqueceu de olhar para baixo e acabou vendo vários dos outros assustadores espectadores enquanto se movimentava. Um coro de gritos das criaturas tomou conta do ar, com vários deles correndo na direção da luta. Aparentemente, tudo estava perdido.

Sabendo muito bem que não conseguiria lidar com todos de uma vez, Builder começou a escalar o templo – se alcançasse o topo, o espaço pequeno e a vantagem de terreno dariam a ele uma chance maior de sair vivo da enrascada. Enquanto subia, vários blocos batiam nas paredes à sua volta, errando o aventureiro por centímetros.

Builder chegou ao topo e começou a atacar os Endermen que escalavam o templo logo atrás dele. Por sorte, o topo era tão pequeno que nenhum dos monstros conseguiria se teletransportar para o mesmo espaço que Builder ocupava. Mas a luta era muito cansativa, pois ele precisava cuidar de todos os lados do topo ao mesmo tempo. Naquele momento, Builder viu algo que o fez recuperar suas energias: o céu começava a clarear no oeste.

Lutando ferozmente, Builder continuou acertando todos os Endermen que arriscavam chegar perto demais da sua espada ou dos seus pés. Enquanto o sol começava sua lenta subida pelo céu, ataques e chutes eram dados para todos os lados, com uma força que Builder nunca teve em alguma luta anterior. E olha que não haviam sido poucas!

Ele continuou, quase sem ar, até que a luz de um novo dia banhou o topo do templo: nesse momento, ele sabia que estava a salvo. Notando a chegada da luz, os Endermen, que estavam abaixo, tentaram uma nova tática, arremessando vários blocos de uma vez na direção de Builder, que se jogou no chão do telhado. Diversos blocos colidiram no ar, fazendo chover areia sobre o aventureiro. Ele podia ouvir os gritos de frustração dos Endermen, enquanto mais e mais deles se teletransportavam sabe-se lá para onde.

Após alguns momentos para recuperar o fôlego, mal acreditando no que havia acontecido, Builder desceu e entrou no templo para descansar na sombra. Nunca tinha ficado tão cansado em toda sua vida.

Quando acordou, Builder se viu com dois problemas bem grandes. Para começar, tinha dormido o dia todo graças ao cansaço acumulado das lutas e fugas dos últimos dias, e os Endermen tinham voltado, na sua tarefa sem fim de juntar blocos ao redor do templo. Piorando tudo, sua reserva de água estava quase no fim.

Acendeu uma tocha e foi olhar para o mapa que carregava com mais atenção. No papel havia um oásis que não estava

A BATALHA DA TORRE

tão longe, levaria menos de um dia de viagem, o que era um ótimo sinal.

Builder esperava que o oásis continuasse ali, pois esses focos de água no deserto podem sumir e reaparecer de tempos em tempos. Sem muita opção por conta da bagunça que os Endermen faziam do lado de fora, resolveu explorar o templo até que o sol voltasse – seu plano de viajar à noite precisou ser cancelado.

> QUER DESCOBRIR ONDE VOCÊ ESTÁ? VOLTE PARA O MAPA NA PÁGINA 29 E DESCUBRA O QUÃO DISTANTE VOCÊ ESTÁ DO OÁSIS.

Essa caminhada o levou até um grande salão, que parecia estar vazio, com exceção de um imenso baú, localizado em uma plataforma bem no centro. Blocos suspensos nos quatro cantos da plataforma davam um ar sobrenatural ao lugar. Builder se aproximou da plataforma, mas um bilhete preso em uma das grandes colunas o fez parar. Ele dizia: "Cuidado! Explosivos embaixo do baú".

Por um momento, ele considerou as riquezas que deveriam estar dentro da arca e como aquilo poderia ajudar a vila, mas se existiam mesmo explosivos por ali, o risco era muito grande. E a missão era mais importante que tudo – seu amigo dependia da sua ajuda.

Continuou vasculhando o salão até que, encostada num canto, encontrou algo que o fez perder o ar: uma armadura toda feita de ouro, com joias de lápis-lazúli decorando o peito. Builder decidiu trocar sua armadura por aquela. Depois que retornasse entregaria ao ferreiro como agradecimento pela ajuda na missão.

Builder fez todo o caminho de volta à entrada do templo e viu que mais um dia havia começado. Pegando sua bússola, tomou o caminho para o oásis.

Finalmente uma notícia boa: o oásis estava no mesmo lugar, encostado em uma duna! Correndo pelos metros finais até a água, Builder bebeu o quanto conseguiu. Sentado na borda do pequeno lago, começou a encher seus cantis enquanto pensava no que fazer a seguir; segundo seus cálculos, chegaria à fronteira da Terra dos Mobs na manhã seguinte se andasse sem parar. Dali para frente, teria que tentar adivinhar o caminho para encontrar a torre.

Decidiu que confiaria na nota que Authentic tinha deixado e seguiria sempre rumo ao norte, na esperança de encontrar o lugar desenhado pelo amigo.

5B

UMA MÃOZINHA DE FERRO

BUILDER RESOLVEU TOMAR O CAMINHO QUE OS MOBS TINHAM usado e entrar na caverna. Não era a escolha mais segura, mas sentia que já tinha perdido tempo demais. Após poucos passos dentro do local, acendeu uma tocha, pois a caverna era completamente escura. O caminho era muito torto, com várias curvas feitas naturalmente na rocha.

Pouco depois, Builder viu-se diante de uma encruzilhada: a caverna se dividia em duas passagens logo à sua frente. Tentou procurar por rastros que indicassem qual lado os mobs escolheram, mas nada ao redor parecia ajudar. Enquanto pensava sobre as opções, lembrou-se de uma conversa que teve com Authentic alguns anos atrás.

AUTHENTICGAMES

Os amigos estavam sentados na recém-construída casa do herói, que foi a última a ser levantada, já que Authentic se recusava a ter uma casa antes dos outros. Já era tarde, mas a conversa estava boa.

— Coletar recursos é bom, mas ficar dentro da terra é duro, Builder.

— Ué, para mim parece tranquilo. É só ficar cavando, cavando...

— Que nada! Uma caverna é um verdadeiro labirinto! Se não souber direito para onde está indo, pode acabar perdido para sempre.

— Credo! Como você acha o caminho quando vai lá?

— Eu marco os locais por onde passei. Se isso falhar, confio no meu nariz. Sigo na direção que o ar parece mais puro!

A BATALHA DA TORRE

Com um sorriso no rosto pela lembrança daquelas longas noites de conversa com Authentic, Builder decidiu aproveitar aquela dica de anos atrás, mas ao contrário: tomou a direção que parecia levar cada vez mais fundo para dentro da terra, já que mobs detestavam a luz do sol.

Conforme descia cada vez mais, Builder começou a escutar um barulho de asas batendo. Olhou para o teto e notou que o lugar estava completamente tomado por morcegos. Quando a luz batia nos bichos, eles se movimentavam um pouco, acordando por alguns instantes, fazendo ondas no teto escuro da caverna. Builder estava caminhando sob um mar de morcegos, como se fosse um tipo esquisitíssimo de explorador submarino. Todo cuidado era pouco para não incomodar os bichos.

O aventureiro seguiu dando passos leves, sempre tentando não perturbar os animais – a caminhada já era desconfortável o suficiente, imagine com milhares de morcegos voando e batendo as asas em cima de Builder! Depois de caminhar alguns metros, Builder se espremeu por uma passagem bem estreita e dali em diante o caminho da caverna ficou suspeitamente reto por horas a fio.

Sem ter ideia se era dia ou noite na superfície, Builder resolveu parar para descansar um pouco – suas pernas doíam e os olhos queriam se fechar sozinhos, sem falar numa baita fome que já sentia há muito tempo e tentava ignorar para continuar andando. Adormeceu logo depois de comer, sem nem guardar o resto das coisas direito.

AUTHENTICGAMES

Builder acordou com aquela sensação esquisita de não saber que horas eram. Para piorar, tinha a impressão de ter só "piscado", sem descansar de verdade, mas sabia que aquilo não era verdade, já que sua tocha havia apagado enquanto repousava. Sem tempo para se lamentar, acendeu uma nova tocha e seguiu seu caminho.

A paisagem começou a mudar um bocado, com cada vez mais cogumelos tomando conta dos espaços nas paredes e no chão. Em alguns trechos, a pedra do chão não ficava mais visível, de tantos cogumelos, com os mais variados formatos e tamanhos, desde chapéus que cabiam na palma da mão a alguns poucos que chegavam ao tamanho de Builder.

Depois de andar mais um tempo e ver os cogumelos tomarem praticamente todo o espaço disponível na caverna, Builder estava para perder as esperanças no caminho escolhido. Só de pensar em voltar tudo, no tempo perdido até agora... Mas o destino tinha reservado uma surpresa para o aventureiro: rastros novos!

Era fácil de notar que bem no meio do caminho fornecido pela caverna os cogumelos estavam pisoteados, abrindo uma trilha entre os fungos – e dava para perceber que era uma trilha recente! Com os ânimos recuperados, Builder andou muito rápido, quase correndo pelo trecho pisoteado. A cada nova bifurcação, a destruição causada pelos mobs indicava o caminho correto.

Mas, como nada é fácil na vida do aventureiro, depois de algumas horas de caminhada por lugares estranhos, os cogumelos

A BATALHA DA TORRE

começaram a ficar mais raros; em poucos quilômetros, nenhum deles sobrou para revelar a direção por onde os monstros tinham arrastado Authentic dias antes. Builder parou novamente na primeira divisão do caminho, perdido e confuso, sem saber para onde ir. Estava tão fundo na caverna que não dava mais para recorrer ao nariz.

Deixando toda sua raiva sair do peito, arremessou sua tocha por uma das passagens. Enquanto ela fazia uma curva no ar, Builder notou algo refletindo a luz no chão daquela abertura. Correu para investigar e encontrou mais uma pista deixada por Authentic: o fone de ouvido. O aventureiro deu um grito de comemoração, pulando sem sair do lugar.

– UHUUUUUUUUUU!

Quando Builder percebeu a bobagem que tinha feito, era tarde demais: já estava escutando o som agudo e muito alto de aranhas vindo das profundezas da caverna, invadindo o local por uma das divisões por onde o aventureiro havia passado. Hora de correr mais uma vez.

Pegando a tocha do chão e correndo o mais rápido que podia, Builder praticamente voou por fendas, degraus e depressões da trilha da caverna, sem parar por nada. Se desse de cara com os mobs, poderia aproveitar o elemento surpresa para soltar Authentic – os dois juntos seriam imbatíveis.

O caminho levou Builder ao centro de uma grande caverna interna – tão grande que a luz da tocha não alcançava o teto. O eco do salão natural ampliava tanto o som dos seus passos quanto o das aranhas e sabe-se lá o que mais que estava perseguindo-o, criando uma sinfonia capaz de fazer qualquer pessoa tremer de medo. Ele continuou a correr, tentando manter uma linha reta da melhor maneira que podia, até que escutou uma voz profunda, que parecia vir de algum lugar à sua frente:

– QUEM VEM LÁ?

– Sou um humano! Mobs estão atrás de mim, me ajude! – gritou Builder, ofegante.

– MOOOOOOBS? TOOTS ODEIA MOBS!

Builder se lembrou então de que o Authentic, antes de se mudar para a vila, costumava criar Golens de Ferro. Ele já havia comentado várias vezes sobre o TOOTS, que era um grande amigo e tinha uma missão especial de proteção. Authentic nunca havia dito qual era essa tarefa, mas Builder tinha a impressão de que estava prestes a descobrir.

– Toots!? Toots, eu sou amigo do Authentic!

– AMIGO... DO MESTRE?

– Sim, eu sou! Por favor, me ajude!

Atrás de Builder, o barulho dos mobs perseguindo-o ficava cada vez mais alto e mais próximo. Usando o som da voz de Toots como guia, o aventureiro correu o mais rápido que pôde em direção ao caminho que parecia ser o certo.

Após alguns segundos de intensa corrida, Builder conseguiu chegar à borda do salão. Conseguiu encontrar uma abertura na parede de rocha e seguiu para lá. Quando chegou mais perto, viu um golem de ferro o encarando, imóvel. Parou para recuperar o fôlego a poucos passos da criatura.

AUTHENTICGAMES

– EU SOU TOOTS. VOCÊ É MESMO AMIGO DO MESTRE?

– Ahn? Ah, sim, sim... O Authentic criou você, não foi?

– O MESTRE CRIOU TOOTS. TOOTS AJUDA O MESTRE.

– Toots, quando você viu o... o... o mestre pela última vez.

– DOIS DIAS ATRÁS O MESTRE PASSOU COM MOBS.

– E por que você não acabou com eles, Toots?

– O MESTRE MANDOU TOOTS PROTEGER PASSAGEM.

– Que passagem? Essa aqui? – perguntou o aventureiro, apontando para o túnel que saía da parede.

– SIM. PROTEGER PASSAGEM.

– E o que tem depois da passagem, Toots?

– TERRA DOS MOBS. TOOTS ODEIA MOBS.

– Toots, tem um monte de mobs vindo para cá agorinha mesmo. Está escutando?

– SIM. TOOTS ESMAGA MOBS – respondeu o golem.

– É isso aí! Segura eles que vou trazer o Authentic de volta!

– AMIGO USA ARMADURA DO MESTRE.

– Hein?

O gigante apontou para uma cavidade quase escondida no começo do novo túnel. Builder pulou para dentro e o que encontrou lá fez seu queixo cair: uma armadura incrível, toda feita de obsidiana.

Os sons das aranhas estavam próximos demais. Builder trocou de armadura o mais rápido que pôde, deixando as peças que havia ganhado do ferreiro no lugar. Escutou sons da luta começando entre o golem e os mobs do lado de fora da cavidade.

A BATALHA DA TORRE

Quando pulou de volta para o túnel, agora brilhando sob a luz da tocha por conta da nova armadura, Builder viu que o golem segurava os ataques das aranhas com tranquilidade – só de parar em frente à abertura, o gigante não deixava espaço para que elas perseguissem o aventureiro.

Builder correu pelo caminho, que agora se fazia presente com uma subida constante. Sentia uma corrente de ar vinda da sua frente, sinal de que não faltava muito para voltar à superfície. Resolveu diminuir um pouco o passo, já que não sabia o que encontraria por lá – ninguém tinha ido até a Terra dos Mobs e retornado para contar a história. Quer dizer, ninguém além do Authentic, mas ele não gostava de falar sobre o assunto.

O aventureiro sentiu-se seguro pela presença de Toots na entrada do túnel e decidiu fazer uma última parada antes de encarar a última parte da sua jornada, já que iria precisar de todas as forças – e talvez um pouquinho mais – para resgatar o amigo.

Quando já estava próximo à saída, Builder começou a ouvir um barulho diferente. Não era o ruído de algum mob se aproximando. Era um som delicado que o deixava até um pouco mais tranquilo. Era o som de água!

Pensando em reabastecer seu cantil para continuar a viagem, o aventureiro prestou mais atenção para saber de onde vinha aquele barulho. Até que percebeu que havia uma pequena bifurcação no caminho, que dava em uma piscina natural. Sem pensar duas vezes, Builder pegou toda a água que podia. Assim, tinha uma preocupação a menos no difícil caminho que estava por vir.

6

A SURPRESA DE NINA

A TERRA DOS MOBS ERA UM LUGAR HORRÍVEL. NÃO, HORRÍVEL ainda era pouco para descrever aquele lugar. A terra era cinza, com rochas afiadas para todos os lados, sem água visível, sem um pingo de verde, com focos de fumaça em vários pontos do horizonte. Era uma visão que deixava qualquer pessoa desanimada.

Builder começou a andar, tentando escolher o caminho menos enganador naquela terra perigosa. Não conseguia se lembrar de algum lugar por onde tivesse passado em suas antigas aventuras que fosse tão medonho quanto aquele que estava conhecendo. Era como se a caverna o tivesse transportado para outro planeta – um planeta que não fazia sentido algum.

A BATALHA DA TORRE

Era dia quando o aventureiro deixou os túneis subterrâneos para trás, para andar até o anoitecer. Não seria muito inteligente acender uma tocha naquelas terras, sem falar que muitos mobs apareceriam durante a noite. Então, Builder procurou um lugar entre as rochas pontiagudas no qual pudesse se esconder. Duvidava que conseguiria sequer cochilar por ali, ouvindo os ruídos assustadores de criaturas malignas à distância. Mas o cansaço dos últimos dias finalmente o alcançou e, em instantes, estava em sono profundo.

De repente, Builder não estava mais na Terra dos Mobs. Estava em outro lugar, onde rios de lava incandescente cortavam a planície abaixo de onde Builder se encontrava e a luz emitida pela rocha derretida refletia em imensas pedras preciosas no teto. Criaturas esquisitas, diferentes de tudo o que ele já tinha visto até então, amontoavam-se em grupos quase organizados — verdadeiros exércitos do mal, aguardando um comando para se mover e devastar qualquer coisa em seu caminho.

— O que havia acontecido? Que lugar era aquele? Como tinha chegado ali? — Builder se questionava mentalmente, tentando reconhecer algum detalhe daquele estranho local.

Então, um som ameaçador interrompeu seus pensamentos:

— Você vai falhar, "Builder" — disse uma voz tenebrosa, que parecia querer provocá-lo.

— O que... Quem está aí? — disse o aventureiro, enquanto ficava com as pernas bambas com a potência da voz que acabara de ouvir.

Builder olhava em todas as direções, parecia que o som vinha de todos os lugares ao mesmo tempo.

— Você pode me chamar de Herobrine. Muitos já me chamaram assim ao longo dos séculos.

— O que você quer, Herobrine?

— Equilíbrio. Já faz muito tempo que os seres da superfície vivem tranquilos. É hora de apertar o botão do reset, dando lugar às trevas.

— Você é maluco! — gritou Builder, olhando para o alto.

— Hahahahahaha... Procurando alguém para olhar, jovem?

Uma forma começou a se materializar em frente a Builder. Era um homem que parecia normal, com exceção de um detalhe extremamente assustador: ele tinha dois olhos brancos, maiores que o normal e muito brilhantes, parecendo um farol que iluminava as trevas daquela terra horrível. Ele abriu os braços, como se estivesse convidando o aventureiro a se aproximar.

— Aqui estou.

— Olha aqui, não me importa quem você seja, mas o que você disse não vai acontecer! — respondeu Builder, tentando soar confiante, enquanto dava um passo para trás.

— Hahaha... Veremos, Builder... Veremos. Até o próximo encontro!

As luzes dos olhos de Herobrine começaram a brilhar cada vez mais, até cegar o jovem aventureiro por completo. Um zumbido no ouvido de Builder crescia e, de alguma forma, ele ainda conseguia sentir a intensidade daquelas luzes aumentando... Aumentando... Aumentando... Aumentando...

A BATALHA DA TORRE

Builder acordou com um pulo e quase gritou – sem dúvida a pior coisa a se fazer no lugar em que estava. O que tinha sido aquilo? Quem era Herobrine e que lugar estranho era aquele? O aventureiro estava certo de que aquele sonho entraria no topo da sua lista de piores pesadelos.

Foi aí que Builder escutou um grito – a pior coisa que alguém pode fazer no lugar em que estava. Era um berro muito agudo, e vinha de algum lugar acima da pedra que havia escolhido para passar a noite. O aventureiro espiou com cuidado por cima das rochas para encontrar a origem do grito. Era Nina pendurada por uma capa – que Builder nunca tinha visto a garota usar –, na ponta de uma das rochas, com os pés balançando inutilmente enquanto tentava fazer força para escapar daquela situação vergonhosa, sem perceber que uma queda nas outras pedras pontiagudas poderia ser fatal.

– Nina! Para com isso agora!

– Hein?! Buildeeeeer! Eu achei você!

– O que você está fazendo aqui, menina?

– Vim ajudar. Ou quase, já que me enrosquei aqui... Só me dá um minuto – respondeu Nina, enquanto dava mais um impulso.

– NÃO! Pare de se mexer!

– Tá bom, tá bom – respondeu soltando o corpo.

Builder subiu até onde Nina estava presa, que o aguardava de braços cruzados, visivelmente envergonhada. Quando chegou ao topo, se apoiou e segurou a capa de Nina com as mãos.

– Vou puxar você de volta para cima, certo?

– Certo. Mas não me deixe cair!

AUTHENTICGAMES

– Você estava tentando se jogar lá para baixo!

– É, mas aí era uma escolha minha. Agora que você se meteu, faz direito!

A irritação de Builder o deu forças e rapidamente Nina estava ao seu lado. A jovem parecia bem, o que já era um alívio para Builder e, pelo menos no quesito equipamentos, ela parecia bem preparada para a jornada, com armas, armadura e um invejável fardo de comida – vantagens de ser a filha do padeiro da vila.

– Nina, como foi que você chegou aqui?

– Pelo deserto, ué.

– Mas como você chegou tão rápido?

– Só fui andando. Sorte de principiante, eu acho.

– Bota sorte nisso! Ainda mais sendo atrapalhada desse jeito!

– Eu-não-sou-ATRAPALHADA! – respondeu Nina irritada, levantando a voz a cada palavra dita.

Builder foi fazendo caretas a cada grito, mas não pelo que a garota dizia e sim pelo que poderia acontecer. Como era de se esperar, os berros de Nina tiveram resposta: grunhidos de zumbis vieram de algum lugar abaixo, aproximando-se a cada segundo.

– Tá, talvez eu seja um pouquinho atrapalhada... – admitiu Nina, enquanto via dezenas de zumbis começando a subir a pedra atrás deles.

Builder apontou para a espada de Nina e sacou a sua, entrando em posição de ataque. A garota acenou e fez o mesmo. Ambos começaram a derrubar os zumbis golpe após golpe, e mais zumbis pareciam brotar do chão, sem previsão para que o ataque acabasse.

A BATALHA DA TORRE

– Ai, Builder, derrubar os zumbis é fácil, mas eu já estou ficando cansada!

– Eu também... Não vai dar para ficar aqui para sempre!

– Espere, eu tive uma ideia!

– O que você... – Builder não teve tempo de terminar a pergunta, pois Nina já tinha dado um golpe feroz na base da própria rocha na qual estavam apoiados. O aventureiro poderia jurar que a menina era louca, mas segundos depois entendeu o plano dela. A lâmina de pedra caiu em um ângulo que deixou os dois em cima do pedaço cortado, como se fosse uma prancha. A dupla surfou entre zumbis até chegar do outro lado.

– Bem pensado, garota! – disse Builder com uma pitada de aprovação. – Agora, vamos deixar esses zumbis para trás.

Os dois seguiram rumo ao norte. Builder estava focado e Nina, curiosamente, parecia radiante.

– O que foi, Builder? – perguntou Nina.

– Estou indeciso, Nina.

– Com o quê?

– Bom, se voltarmos inteiros dessa aventura, seu pai vai matar você. Se não voltarmos, ele vai me matar!

– Ai, para de bobagem, Builder! A gente vai pegar o Authentic e voltar rapidinho, vai dar tudo certo!

– Tomara... – Builder disse sério, pensando no pesadelo esquisito que teve na última noite.

Por um lado, o aventureiro não podia deixar de compartilhar um pouco do otimismo da garota, afinal, já fazia um bom tempo que conseguia ver a enorme torre que deveria ser seu destino no

AUTHENTICGAMES

horizonte. Faltava pouco para resgatar o amigo. Ele não poderia vacilar agora.

A torre foi ficando cada vez maior e mais próxima conforme andavam naquele lugar horrível. Foi uma boa coisa encontrar Nina – ela era boa com a espada! E o que ela tinha de comida, Builder tinha de água, fazendo uma mistura perfeita para uma boa refeição. A noite chegaria logo e Builder sabia que precisavam se apressar, senão a missão ficaria mais difícil.

A dupla subiu a colina com muito cuidado. Deitados no topo, podiam ver um pequeno exército de mobs guardando a entrada do lugar, que só tinha uma porta.

OLHA SÓ QUANTOS MOBS VOCÊ E NINA VÃO TER QUE ENFRENTAR PARA RESGATAR O ATUTHENTIC!

A BATALHA DA TORRE

– Nina, acho que agora é a hora de você ir embora. Isso vai ser muito perigoso.

– Ficou maluco, Builder? Agora é que a diversão começa! Ainda bem que eu trouxe isso aqui... – retrucou Nina enquanto revirava a sua mochila em busca de algo.

Builder não conseguiu fazer outra coisa além de soltar uma gargalhada de felicidade quando viu o que a amiga estava tirando da mochila: várias bombas amarradas cuidadosamente e prontas para detonar ao atingir alguma coisa. Aquilo era muito mais do que perfeito!

– Nina, você nos salvou!

– Ai, isso não é nada... O ferreiro queria me entupir de coisas para trazer!

– Vamos estragar o dia desses mobs! – respondeu empolgado o aventureiro.

Enquanto Builder descia aos gritos a colina em direção à torre, Nina arremessava bombas no meio dos confusos mobs. Os creepers, que estavam no meio da multidão de monstros, também começaram a explodir, criando uma reação em cadeia que, em segundos, tinha eliminado dois terços do pequeno exército.

Foi uma cena espetacular, digna de ser contada para gerações futuras!

Builder já estava atacando os mobs mais próximos quando as bombas de Nina acabaram e a garota começou a descer a colina, atirando flechas a distância nos monstros que ameaçavam chegar perto demais das lutas individuais do aventureiro.

Eles formavam uma dupla mortal e eficiente, arrasando tudo que entrava em seu caminho.

Muito antes do que Builder imaginava, a batalha já tinha acabado e eles tinham caminho livre para entrar na torre.

– Builder, eu estou com medo...

– Eu também, Nina.

– Sério?

– Sério. Não tem como saber o que vamos encontrar dentro da torre.

– Será que o Authentic está bem?

– Precisamos acreditar nisso até o final.

– E se tiver muitos mobs lá dentro? E se eu me machucar? E se... E se eu morrer, Builder? – Nina disparou as perguntas em sequência, deixando aparente como estava assustada, com lágrimas se formando no canto dos olhos.

– Morrer? Você não vai morrer!

– Como você sabe?

– Nina, você se viu há alguns minutos? O que você fez com todos aqueles monstros?

– Ué, como é que eu ia conseguir me ver enquanto fazia as coisas? Ficou maluco?

– Então, vou contar: você foi incrível. Imbatível. Parecia que tinha nascido para isso – respondeu Builder, recorrendo àquele tom de irmão mais velho que sentia que precisava usar com Nina às vezes.

– É mesmo? – perguntou novamente a garota, dessa vez exibindo um sorriso.

A BATALHA DA TORRE

— Juro! Foi bom ter encontrado você, sua boboca... Juntos, somos invencíveis!

— Somos mesmo! Vamos pegar o Authentic logo, esses monstros não têm chance alguma! RÁÁÁÁÁÁÁÁÁÁÁÁÁ!!!

Builder sorria enquanto observava a garota gritando e correndo em direção à porta da torre. Sua alegria acabou rapidamente quando um vento frio passou por ele, como se fosse um presságio de que havia coisas ruins adiante.

7

UMA SUBIDA DIFÍCIL

A PORTA ERA PESADA, MAS NÃO OFERECEU RESISTÊNCIA quando Builder a empurrou. Finalmente estavam na torre! Se encontrassem Authentic, toda aquela aventura teria valido a pena.

A torre era feita de muitos andares, sempre com uma escada circular ligando um nível ao outro.

— Nina, fique sempre atrás de mim enquanto subirmos as escadas. Atenção total daqui para frente! — sussurrou Builder, muito sério.

A garota acenou enquanto eles avançavam pelo primeiro lance de escadas. Quando chegaram ao primeiro andar, encontraram o cômodo vazio. Mas havia algo de estranho ali: por fora, a torre parecia ter a mesma largura da base até o topo

A BATALHA DA TORRE

– provavelmente onde Authentic estava preso. Porém, ao chegar à nova sala, Builder teve a impressão de que ela era ligeiramente maior que o térreo.

O que era só uma suspeita foi confirmada conforme a dupla subiu mais andares – essa coisa definitivamente era maior por dentro do que por fora! Isso podia complicar as coisas, pois no oitavo andar o salão já tinha um tamanho considerável. Mais estressante que essa sensação estranha de ir na direção errada era a ausência de vida dentro da torre: já estavam na metade da construção e ainda não tinham encontrado nada nos diversos salões por onde tinham passado.

Depois do vigésimo andar, as salas começaram a ficar mais escuras, como se as janelas que eram visíveis do lado de fora ficassem menores. Após subirem mais alguns andares, foi preciso acender tochas.

– Não estou gostando disso, tudo está quieto demais – reclamou Builder.

– Psiu! Desse jeito você vai atrair coisa ruim!

– Isso é superstição, Nina. De qualquer jeito, não estou gostando nadinha disso.

– Relaxa, não vai ter nada no próximo andar...

A dupla entrou no salão mais escuro até o momento. Era como se dali para frente a torre não tivesse mais janelas, o que era um absurdo. Confiante, Nina foi andando pelo largo salão até ultrapassar a metade, conseguindo iluminar a escada que precisariam subir.

– Não falei? Nadinha de nada!

– Olhe de novo, garota – disse uma voz tenebrosa.

Virando-se para a origem da voz, Builder viu uma legião de esqueletos, liderada por um Jockey-aranha. Os monstros tinham saído de uma porta lateral, novidade na estrutura do lugar. O espaço da torre tinha ficado tão grande que agora eles encontraram mais de um cômodo por andar.

Builder teve uma ideia maluca: deixou sua tocha cair enquanto pegava o arco e uma flecha o mais rápido que podia. Atirou uma flecha na tocha de Nina para apagá-la e gritou:

– CORRE, NINA!

Logo depois, Builder deixou o arco cair e, reunindo toda a coragem que tinha, sacou a espada e pegou a tocha, indo em direção aos esqueletos. Sua nova armadura aguentaria as flechadas dos esqueletos, mas não tinha certeza de que a armadura de Nina faria o mesmo, então decidiu deixá-la mais segura enquanto lidava com a legião.

– Ha, isso vai ser divertido! Peguem ele! – gritou o Jockey-aranha.

Builder derrubou dois esqueletos com um golpe só, partindo violentamente para cima deles. Como esperava, as flechas simplesmente rebatiam em sua armadura. Tinha acabado de acertar o quarto esqueleto quando notou que outro monstro estava perto demais, com a espada erguida prestes a acertar o aventureiro...

FUOSH! Uma flecha vinda do escuro acertou o esqueleto em cheio, derrubando-o no chão. Era Nina! Builder voltou a atacar os esqueletos, que pareciam mais nervosos agora que

A BATALHA DA TORRE

uma combatente invisível tinha entrado na luta. Um a um os esqueletos foram caindo, até que o único sobrevivente era o Jockey-aranha.

— Acabou, mané. Ganhamos! – disse Builder, confiante.

— Se eu cair, vou levar você junto! RÁÁÁÁ!

Builder se preparou para o impacto. Com a proteção que a armadura oferecia ao aventureiro, o mais perigoso no momento era o veneno do bicho. Teria que acertá-lo primeiro. Nesse momento, mais uma das flechas de Nina atravessou o salão, acertando a aranha no olho. Que pontaria! A criatura tropeçou nas próprias patas enquanto caía para não levantar mais, jogando o Jockey-aranha aos pés de Builder.

— Não! Não, por favor! – suplicou o Jockey.

— Saia logo daqui. Não me deixe ver sua cara de novo!

— Si-si-sim, sim! – gaguejou o Jockey, correndo o mais rápido que podia torre abaixo.

— Por que você deixou o monstro ir, Builder?

— Só porque eles nos atacam, não quer dizer que precisamos ser tão ruins quanto os mobs. Vamos, falta pouco!

Depois de mais alguns andares, encontraram um salão repleto de uma coisa que Builder não via há muito tempo: spawns de monstros. Antigamente essas coisas estavam por todos os lados na região da vila, mas ele e Authentic tinham feito uma "limpeza" na área para minimizar os ataques. O chão estava quase todo coberto com eles, alguns já estavam se ativando. Não ia dar tempo de correr pelo salão.

— Ai, droga... Nina, a picareta! Agora!

AUTHENTICGAMES

A dupla seguiu rapidamente pelo salão, destruindo os spawns com suas picaretas enquanto passavam. Aquilo ali não era brincadeira e podia fazer a situação fugir do controle rapidinho. Alguns mobs já tinham saído dos spawns, mas se reuniram no pé da escada seguinte, guardando o acesso para a parte mais alta da torre.

Quando terminaram, os dois se entreolharam e partiram para cima dos monstros reunidos. Foi a vez de Nina brilhar mais uma vez em combate, sendo mais rápida que qualquer outra pessoa que Builder já tinha visto em uma batalha. Se estava tão rápida assim, é sinal de que a armadura da amiga era leve demais e certamente não aguentaria as flechas dos esqueletos. Por uns instantes, Builder encarou Nina, agradecendo mentalmente por ter pensado nisso quando foi necessário.

Finalmente, o penúltimo nível da torre! O grande salão tinha uma iluminação fraca que vinha da escada para o último nível, mas ainda era possível enxergar algumas formas. O salão tinha várias portas de ferro em suas paredes e, bem no meio da sala... Seria um espantalho?

A dupla foi se aproximando da figura presa em uma estaca, que se tornava um pouco mais nítida à medida que as tochas chegavam mais perto. Até que...

– NÃO!

Builder saiu correndo em direção à estaca enquanto Nina gritava algo que ele não conseguiu ouvir direito – e nem queria entender nada naquele momento que não fosse o que estava diretamente em sua frente: parecia o Authentic amarrado ali!

A BATALHA DA TORRE

O aventureiro quase tropeçou na estaca, que fez um PLEC quando foi tocada. Então Builder entendeu tudo: aquilo era, de fato, um espantalho. E a estaca era, na verdade, uma alavanca. E o que Nina havia gritado segundos atrás tinha algo a ver com "armadilha".

Naquele momento, todas as portas do salão se abriram e uma enxurrada de mobs saiu por elas. Nina tinha alcançado o amigo e eles se posicionaram de costas um para o outro, tentando cobrir o máximo de terreno em um círculo ao seu redor. Os monstros se aproximaram devagar, aproveitando cada segundo do ataque. Builder sabia muito bem que estavam perdidos. Eram mobs demais para enfrentar.

Uma tristeza profunda começou a tomar conta de Builder. Tinha desapontado Authentic, que precisava de ajuda; Nina, que estava condenada com ele; o prefeito, que havia confiado na sua missão de resgate; Jorge, que o ajudou na floresta; e a Vila Farmer como um todo, que ficaria desamparada...

Naquele momento, um grande "CRASH!" ecoou pelo salão, vindo do andar de baixo. Sem se preocupar com a dupla cercada, os mobs focaram sua atenção na escada, atentos para o movimento que vinha de lá. Com as tochas de Nina e Builder no centro do salão, ficava difícil ver o que acontecia perto da escada, mas era impossível deixar de notar um vulto imenso dando passos pesados pelos degraus, até chegar ao piso. A coisa gigantesca continuou a andar em direção à movimentação, até que a luz das tochas mostrou um golem de ferro, começando a acelerar os passos...

AUTHENTICGAMES

– GROGG ODEIA MOOOOOOOBS!

Grogg? Esse nome era familiar para Builder, mas ele não conseguia se lembrar de onde... Claro, o bilhete do Authentic! "Encontre Grogg" foi a última coisa que o amigo escreveu antes de ser levado! No caso, Grogg que os encontrou, mas isso era o que menos importava no momento.

Com um grande grito, o golem disparou em direção ao centro do salão, cortando uma linha reta entre a multidão de monstros. Quando passou pela dupla, agarrou os dois sem diminuir a velocidade, atropelando mais monstros e indo em direção à escada que levava ao último piso da torre.

– GROGG ESMAGA MOBS. VOCÊS AJUDAM MESTRE.

– Grogg? – perguntou Nina.

– GROGG FEITO POR AUTHENTIC. VOCÊS IR AGORA.

– Pode deixar, Grogg! – disse Builder, extremamente feliz por encontrar um golem tão grande do lado deles.

O último andar da torre era todo iluminado, apesar de não ter janelas. Era o maior salão que eles já tinham visto, com um teto quase tão alto quanto a torre vista do lado de fora. Apesar de todo o espaço, tinham poucas coisas para serem vistas: duas portas, algumas abóboras e um Enderman.

– Nina, ponha uma abóbora na cabeça para se proteger! Não encare o Enderman antes disso!

Builder guiou Nina lentamente em direção às portas, tomando cuidado para não olhar para o monstro e checando, de tempos em tempos, se a garota fazia o mesmo. Só ficou mais tranquilo quando ambos estavam usando suas abóboras. Não

A BATALHA DA TORRE

sabia mais o que esperar das portas daquele lugar sinistro e não daria mais chance para o azar, especialmente com um Enderman tão próximo.

Builder não tinha certeza se esse truque daria certo, afinal, nunca tinha testado isso. Mas, como o próprio Authentic que havia ensinado a estratégia ao aventureiro, resolveu acreditar em seus instintos, respirou fundo e levantou a cabeça.

O monstro não se moveu depois que Builder o encarou. Havia dado certo! Ele tinha ficado confuso quando viu as abóboras na torre, mas agora agradecia a existência delas.

Mesmo assim, aquele Enderman parecia diferente.

– Atrás de mim estão duas portas... – a voz do Enderman falou na cabeça dos aventureiros. Nesse momento, Builder entendeu por que o Enderman parecia tão esquisito.

– Quem é você? – Nina perguntou.

– Nina! – advertiu Builder.

– Eu sou o mensageiro do Void. Escolham seu destino. Ambas as portas contêm perigos além da imaginação.

– Huuummm... E se eu não escolher nenhuma porta, hein? – insistiu a garota.

– NINA! Psiu! – gritou Builder. A última coisa que eles precisavam agora era um ataque.

– Aquele que vocês procuram está além das portas. Escolham ou retornem.

Com essa última mensagem, o Enderman desapareceu, teletransportando-se para outro lugar. A dupla chegou mais perto do fim do salão, encarando as portas.

AUTHENTICGAMES

A primeira porta tinha um pequeno lago de lava bem na sua frente – para alcançá-la, precisariam pular. A segunda porta tinha estacas de gelo afiadas bloqueando a passagem; seria preciso quebrá-las. Tudo isso era muito esquisito para Builder. Ele tinha certeza de que alguma força além da sua compreensão estava influenciando tudo o que acontecia dentro da torre.

– E aí, por onde vamos? – perguntou Nina.

> E AGORA, QUAL CAMINHO VOCÊ VAI ESCOLHER? É VOCÊ QUEM DECIDE! PARA USAR A PORTA DE LAVA, LEIA A PÁGINA AO LADO. SE QUISER IR PARA A PORTA DE GELO, VÁ PARA A PÁGINA 96.

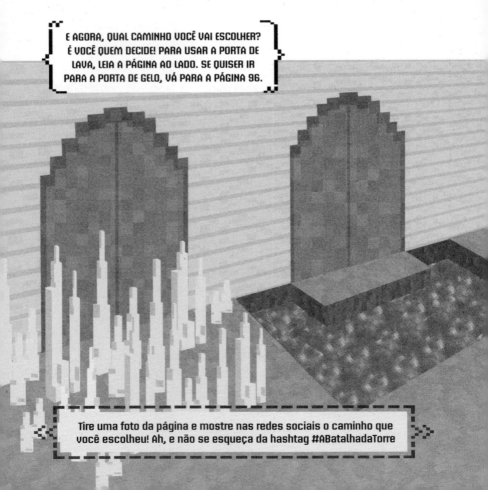

> Tire uma foto da página e mostre nas redes sociais o caminho que você escolheu! Ah, e não se esqueça da hashtag #ABatalhadaTorre

8A

ESTÁ FICANDO QUENTE

BUILDER ENCAROU AS DUAS PORTAS POR UM BOM TEMPO. Ficou pensando em como o seu pesadelo maluco e aquele Enderman diferente, o tal do "Mensageiro do Void", estavam relacionados. Não conseguia explicar, mas tinha certeza de que tudo fazia parte de uma trama maior, podia sentir isso dentro de si.

– Vamos pela porta de lava – disse para Nina após pensar algum tempo.

Sem esperar, ela deu um pulo sobre a lava, quase perdendo o equilíbrio quando chegou à beirada do outro lado. Builder levou um susto, mas seguiu a impulsiva parceira. Diante da porta, o aventureiro notou que a maçaneta não era uma joia brilhante nem tinha uma pintura diferente: o metal estava mesmo pegando fogo. Por sorte, ele notou antes de tocá-la, pois poderia se queimar. Torcendo para não ter feito uma escolha ruim, ele enrolou o casaco em sua mão e, com muita coragem, abriu a porta.

A dupla entrou em um grande espaço que tinha uma luz avermelhada, fazendo Builder se lembrar com muito desconforto do lugar com o qual sonhou durante a tenebrosa conversa com Herobrine. Isso fez com que ele tivesse arrepios, apesar do clima quente. O calor do Deserto Quente Pra Valer parecia uma brisa de verão comparado com aquele lugar e os dois aventureiros começaram a suar imediatamente.

Após darem alguns passos para dentro daquele forno, a dupla se viu no topo de uma plataforma de terra com um pequeno caminho até o próximo nível, que estava bem mais abaixo. A partir dali, tudo estava tomado por um oceano de lava, com algumas ilhas de terra flutuando no meio do líquido. Estacas de pedra maiores que a própria torre cortavam o cenário, tornando impossível para os dois verem até onde aquele lugar se estendia. Eles precisariam pensar muito bem antes de tomar qualquer atitude, pois um passo impensado e tudo poderia acabar muito mal. Ou seja: a única opção era pular de ilha em ilha num caminho complicado para chegar ao outro lado.

Os primeiros saltos foram fáceis, mas as ilhas de terra começaram a se distanciar, deixando tudo ainda mais perigoso. De qualquer forma, os amigos foram seguindo seu caminho

A BATALHA DA TORRE

nesse jogo de amarelinha perigoso até não conseguirem mais. Estava claro que nenhum dos dois pularia tão longe quanto era necessário para prosseguir. Cansados e morrendo de calor, eles se sentaram, olhando a lava correr, sem ânimo para fazer o caminho de volta.

— Tive mais uma ideia! — Nina gritou do nada.

— Não dá para surfar na lava, Nina.

— Eu sei disso, Builder. É uma nova ideia!

— Ela é tão maluca quanto a anterior?

— Acho que um pouquinho mais maluca... — respondeu Nina com um sorriso bem grande.

— Vamos lá então! Não estou fazendo nada, mesmo! — disse Builder, também sorrindo.

O plano de Nina era simples, mas muito arriscado: ela amarraria a corda que trouxe em uma picareta e a arremessaria até a próxima ilha. Depois, eles a esticariam e prenderiam bem ao lado de onde estavam com outra picareta, até deixar a corda bem firme. Então, os dois atravessariam o caminho se pendurando na corda, com muito cuidado para não cair na lava. Maluquice pura.

E foi exatamente o que eles fizeram, e ainda conseguiram puxar a corda de volta quando chegaram ao seu destino. A ideia maluca continuava dando certo em cada nova ilhota, mas o avanço da dupla era bastante demorado. Tinham que tomar muito cuidado para nada dar errado durante essas travessias. Com esse problema resolvido e conseguindo seguir em frente, eles só pensavam em chegar até o Authentic.

AUTHENTICGAMES

Apesar do desespero do momento, eles também conseguiam se divertir com a aventura. Afinal, era preciso muita atenção e concentração para sobreviver nesse caminho, mas quando tudo dava certo, o alívio era enorme. Builder sabia que, quando tudo acabasse, seria muito legal contar a todos os amigos cada problema que enfrentaram. Mas, enquanto isso, eles precisavam manter a cabeça no objetivo maior: encontrar o Authentic com vida.

O caminho pelo oceano de lava terminou em uma versão espelhada do que havia atrás da porta, com um caminho estreito levando a um arco. Depois de uma rápida subida e de atravessar o arco, os dois se encontravam em um salão circular enorme, quase do tamanho do último andar da torre, que tinha uma enorme fenda na parede. Deste local saíam chamas altíssimas, fazendo Builder pensar na maior fogueira de São João do mundo. Do outro lado da sala, estava uma porta parecida com a que usaram para entrar no mundo de fogo.

Toda a experiência de Builder dizia que era preciso se aproximar com bastante cuidado, pois não dava para saber de longe o que estava lançando aquelas chamas. Por isso, se aproximaram bem devagarzinho.

Quando chegaram mais perto da borda, algo muito, mas muito ruim aconteceu: as chamas começaram a subir mais e mais pela fenda do salão até que a dupla pudesse ver a origem daquele fogo todo: um monstro de lava, maior até mesmo que Grogg e Toots juntos!

– Fim da linha, pirralhos! – gritou o monstro. A cada palavra dita, uma rajada de fogo saía de sua boca.

– Builder, quanta água você ainda tem nos cantis?

– Nem perto do suficiente, Nina.

– Ai...

A essa altura, os dois amigos mal precisavam falar: uma troca de olhares foi tudo o que precisaram para que cada um corresse para um dos lados do círculo, sacando suas armas. O gigante de lava foi atrás de Builder primeiro, tentando atingi-lo com uma de suas enormes bolas de fogo. Builder tentou se proteger com um ataque de espada, mas o metal de sua arma derreteu assim que entrou em contato com o monstro – esse bicho não estava de brincadeira mesmo!

A atenção do monstro de lava se voltou para Nina quando uma de suas flechas acertou a nuca do gigante. Com uma agilidade impressionante para algo tão grande, o monstro atravessou a sala e tentou pisotear a garota. Felizmente Nina também era muito rápida, e conseguiu rolar o corpo para longe do pé do gigante.

– Arf... não vamos conseguir derrotar essa coisa, Builder!

– Eu sei... arf... corre para a porta!

Builder pegou o capacete da nova armadura, mirou o melhor que podia enquanto corria e o jogou bem no olho do gigante de lava. O monstro parou, gritando de dor. Até que enfim ele sentiu alguma coisa.

Por um breve momento, o aventureiro achou que daria tempo de salvá-los, mas não esperava que o gigante fosse ficar tão bravo com a capacetada. Eles até tentaram correr, mas o monstro conseguiu cercá-los em uma parede, jogando bolas de fogo nas laterais para não deixar que eles escapassem.

Builder percebeu que eles poderiam colocar tudo a perder. Nina começou a gritar por socorro, mas ele sabia que isso não iria adiantar. Era horrível pensar que eles chegaram até ali e provavelmente não conseguiriam concluir a missão. Então, mesmo sem saber o que os esperava, Builder teve uma ideia.

– Nina, não temos água o suficiente para matá-lo, mas podemos apagar as chamas laterais para fugir! Você vai precisar ser muito rápida! Está pronta?

– Claro!

Então, eles jogaram toda a água que tinham nos cantis em direção à boca do monstro de lava e conseguiram um breve espaço de tempo para correr. O gigante não esperava esse ataque e ficou um pouco confuso com a situação.

A distração conseguiu dar tempo para que os dois chegassem até a porta. Eles a empurraram até que ela abriu o suficiente para que eles pulassem para fora do salão. O monstro, já recuperado do ataque, vinha logo atrás deles, ainda gritando, cheio de raiva e querendo vingança. Builder se jogou contra a porta, conseguindo fechá-la segundos antes do gigante colocar seu corpo pela abertura da parede. Nina veio na sequência, puxando o trinco.

Cansados, os dois ficaram deitados no chão, recuperando o fôlego e gargalhando sem controle por conta da baita sorte que tiveram.

ENTRANDO NUMA FRIA

BUILDER ENCAROU AS DUAS PORTAS POR UM BOM TEMPO. Ficou pensando em como o seu pesadelo maluco e aquele Enderman diferente, o tal do "Mensageiro do Void", estavam estranhamente relacionados. Não conseguia explicar, mas tinha certeza de que tudo fazia parte de uma trama maior. Ele podia sentir dentro de si.

– Vamos pela porta de gelo – disse para Nina.

O aventureiro mal teve tempo de piscar e Nina já estava com a picareta em mãos, detonando as estacas de gelo e se divertindo como as crianças da vila nas feiras de colheita. Ele achava incrível a facilidade com que a garota tinha de encontrar alegria nos momentos mais pesados.

A BATALHA DA TORRE

Builder abriu a porta e a maçaneta quase grudou na pele da sua mão de tão fria que estava. A dupla mal entrou no novo salão e foi recebida com uma tempestade de neve fortíssima. A porta bateu e se trancou atrás deles.

– Nina! Coloque o casaco! – gritou Builder, seguindo o próprio conselho.

– De onde veio isso? Onde estamos? – gritou a garota.

– Não faço ideia! Vamos em frente!

Aparentemente, os dois estavam andando por uma vasta planície gelada, sem pontos de referência para entenderem para onde deveriam ir. Foram caminhando com dificuldade, enfrentando os fortes ventos e tempestades de neve que congelavam até os ossos dos aventureiros. Às vezes um dos amigos escorregava e por um triz não era levado pelo vento. Era necessário tomar cuidado redobrado enquanto vagavam sem rumo.

Nina quase deu de cara com uma parede de gelo. Na verdade, a palavra parede não era a mais adequada para descrever a muralha que estava na frente dos aventureiros, tão alta e tão larga que se perdia no horizonte. A única opção era escalar.

Os amigos amarraram uma corda que Nina tinha trazido na mochila em suas cinturas, puxaram suas picaretas e começaram a subir a muralha. Quanto mais alto estavam em relação ao chão, mais difícil a subida ficava. Os ventos da tempestade eram mais fortes, ameaçando carregar os aventureiros. Além disso, em alguns pontos a muralha era praticamente lisa, e não oferecia apoio para os pés e mãos. Builder deixou de sentir os dedos depois de alguns metros, o que era um mau sinal. Mas não podiam parar!

Já estavam a uns bons 20 metros do chão quando outro problema apareceu. Para dificultar ainda mais a escalada da dupla, vários deslizamentos de neve aconteciam do nada, mandando chuvas de pedras de gelo que variavam de tamanho, indo de uma bolinha de gude até pedaços maiores que o tamanho de Builder. Tiveram que escalar mais devagar e os dois se perguntavam por quanto tempo ainda aguentariam aquilo.

A dupla já tinha escalado mais de 50 metros quando, saindo direto de um montão de neve, uma pedra de gelo do tamanho de uma bola de futebol acertou a cabeça de Nina.

– Nina!!! – Builder gritou desesperado.

A garota desmaiou na hora, soltando-se da parede e começando a cair. Ainda bem que estavam amarrados! Builder se preparou para o impacto, mas quase escorregou do seu apoio quando a corda se esticou. A partir dali ele seria a única coisa que os impediria de cair para a morte.

Como se entendesse o que tinha acabado de acontecer, a tempestade dobrou de intensidade. Apertando os dentes, Builder voltou a escalar, usando toda a determinação que conseguia juntar. Não podia desanimar agora, depois de tudo que tinha passado. Estava tão perto do fim...

Depois de alguns metros, a nevasca parou instantaneamente, como se fosse mágica. Builder aproveitou para usar essa pausa, que era impossível de prever quanto tempo duraria, para subir ainda mais rápido. Depois de alguns minutos, arriscou olhar para baixo – tinham subido tanto que estavam acima das nuvens da tempestade! Estava muito preocupado com Nina, sem se mexer por tanto tempo e pendurada nos ventos gelados. A garota já tinha até acumulado pedaços de gelo nos cabelos. O aventureiro começou a escalar mais rápido que nunca, temendo pelo pior.

Builder finalmente chegou ao topo e se viu em uma planície quase idêntica à que estavam depois de passar pela porta, mas os ventos e a neve ficaram para trás. Deitou Nina com cuidado no chão e acendeu todas as tochas que ainda tinha para esquentar a amiga. Sentado no chão, Builder aguardou.

– Hurrmmm... Ahhh... Builder?

– Nina! Você está bem?!

– Vou viver... – respondeu a garota, apoiando-se nos cotovelos. – Nossa, que gelo! Brrr...

– Você me deu um baita susto, sabia?

– E você acha que eu não levei um quando aquela pedra apareceu do nada? Huuummm... Nossa, preciso tomar um pouco de água – disse Nina, interrompendo a própria frase, incomodada com a garganta.

– Pode esvaziar o cantil. Você precisa se recuperar – respondeu Builder, mesmo sabendo que aqueles goles de água pudessem fazer falta no futuro. Naquele momento, o mais importante é que Nina se recuperasse.

– Mas onde a gente está? – a menina questionou.

– No topo da muralha. E é só gelo para todos os lados.

– Pelo menos não tem vento e neve! Só deixa eu me esquentar e a gente continua! – respondeu Nina.

A dupla voltou a caminhar, conversando animadamente depois que o susto da escalada havia passado. Os aventureiros notaram que estavam se aproximando de outra muralha, que era completamente lisa e se estendia em todas as direções.

– Acho que não vai dar para escalar essa aí, Builder...

– Que lugar chato! E agora? – questionou o aventureiro.

– Vamos até a parede, vai que encontramos alguma coisa... Tudo é melhor do que voltar para a nevasca – Nina respondeu.

Builder se irritou profundamente, pensando que talvez tivesse que dar meia-volta, entrar pela porta de lava e encontrar sabe-se lá o que do outro lado para finalmente chegar ao Authentic. Naquele momento, o aventureiro se sentiu desolado.

– Olhe, Builder! – gritou Nina, apontando para uma mancha na base da parede, que aumentava conforme se aproximavam.

Builder sentiu um calor renovado crescer dentro do seu corpo: tinha uma porta na base da parede! Os dois começaram a correr na direção da abertura, dando pulos de alegria, até que BUUUUMMMM!

No meio do caminho até a porta, algo gigantesco caiu do céu, levantando uma nuvem enorme de neve. Só faltava o teto do lugar tentar impedi-los de prosseguir também!

Quando a neve se assentou no chão, Builder desejou que realmente tivesse sido o teto se revoltando. Um Snow Beast encarava a dupla do alto da sua estatura gigantesca.

– Moleques, é hora de dormir... para sempre! – gritou o monstro, espalhando sua voz pelo lugar e fazendo o chão tremer.

– Nina, sobraram algumas bombas na sua mochila? – perguntou o aventureiro, pronto para a briga.

– Só uma, Builder... lascou!

Builder tentou esconder o desespero de sua companheira de aventura. Eles estavam sem muitos equipamentos e não havia o que fazer: se ficassem ali por mais tempo, mesmo que escapassem do gigante de neve, morreriam de frio. Para piorar, ele tinha usado todas as suas tochas para reanimar Nina. O que fazer? Então, ele se lembrou de Authentic e pensou que certamente o amigo saberia como poderia tirá-los dessa situação. E foi assim que ele traçou uma estratégia que talvez pudesse salvá-los.

Builder enfiou a mão na mochila da amiga enquanto o gigante dava o primeiro passo em sua direção. Agarrou bem a última bomba e sussurrou no ouvido da garota:

– Quando eu disser, você corre e chama a atenção dele. Eu encontro você na porta.

Com um aceno de cabeça, Nina puxou seu arco e uma flecha, preparando-se para sair em disparada. O gigante notou que ela tinha se armado e começou a rir, provocando uma avalanche numa montanha distante.

– O que é isso, garotinha? Acha que esses palitos de dente vão me machucar?

– É o que vamos descobrir, seu sorvetão!

Os amigos começaram a correr, indo um para cada lado. Nina disparava flechas sem parar no gigante, que a seguia dando risada, enquanto Builder parecia fugir para o sentido oposto. O gigante estava quase alcançando Nina, esticando sua mão para esmagá-la, quando foi surpreendido por Builder, que arremessou sua espada. A lâmina acertou a nuca do monstro, que se virou para o aventureiro. Nina correu em linha reta para a porta.

A BATALHA DA TORRE

– Você também quer brincar, garoto? Vamos ver do que você é feito... – falou o monstro, virando o corpo.

O gigante caminhou em direção a Builder, que também corria para a porta. Ele era lento, mas suas pernas eram tão grandes que não teve problemas em alcançar o aventureiro rapidinho. O monstrengo estava a ponto de pisotear Builder, já comemorando sua vitória.

Esse era um momento tenso para o aventureiro, e ele sabia que tudo o que tinha lutado até então dependia de sua pontaria. Geralmente ele não se preocupava muito com isso, já que raramente errava um golpe ou arremesso, mas dessa vez tinha muita coisa em jogo: sua vida, a de Nina, a de Authentic e a proteção de toda a Vila Farmer, que sofreria demais se eles não retornassem sãos e salvos.

Pensou nas crianças, no prefeito, no padeiro e em todos os outros amigos queridos para conseguir se concentrar e... VUM! Arremessou a última bomba com toda a sua força, mirando bem no olho do gigante.

– GRAAAAAURRR! – o gigante urrou de dor enquanto perdia o equilíbrio e caía no chão.

Builder estava a poucos passos da porta, que Nina já segurava aberta, quando o gigante de neve acertou o chão, fazendo a terra tremer. O aventureiro perdeu o equilíbrio e deu de cara na neve.

– Builder! A porta está querendo fechar sozinha! Vem rápido!

O mundo estava rodando para Builder, que devia ter batido a cabeça mais forte do que imaginava. Começou a se levantar com muita dificuldade, vendo tudo em câmera lenta: o gigante estava se esticando, tentando agarrá-lo com uma de suas mãos imensas. A porta estava se fechando e Nina precisou jogar todo seu peso para tentar segurá-la. E, enquanto tudo aquilo acontecia, geleiras inteiras estavam caindo do céu!

— Vem Builder, não vai dar tempo! – gritou Nina.

— Eu não consigo!

— Consegue sim, estamos muito perto! Vaaaaai, Buildeeeeer!

Builder usou o restinho de suas forças em um pulo baixo na direção da porta e, por sorte, passou deslizando por ela, com a barriga no chão. O aventureiro se virou a tempo de ver a mão do gigante quase alcançando-o, mas uma das geleiras enormes o acertou com tudo. Ufa, que sorte! E então, a porta se fechou logo atrás dele com um forte BAM!

APENAS O COMEÇO

A SALA NA QUAL A DUPLA SE ENCONTRAVA ERA MUITO pequena – a menor da torre inteira. Uma janela iluminava o lugar e uma pequena escada de ferro terminava em um alçapão. Builder foi até a janela e olhou para fora. Daquela altura, podia ver quase todos os lugares que tinha atravessado, com a Floresta das Agulhas no limite de onde sua vista alcançava. Era impressionante perceber o quão longe havia chegado em tão pouco tempo.

Nina parou do seu lado e ficou de queixo caído, sem dizer uma palavra. O cansaço havia tomado conta de ambos. Já fazia muito tempo que não paravam para comer e descansar de verdade. Mas não podiam parar agora. Sentiam que Authentic estava cada vez mais perto.

— Bom, acho que é hora de acabar com isso, não é? — perguntou o aventureiro.

— É isso aí! Vamos buscar o Authentic!

Builder liderou o caminho pela escada. Ao chegar ao alçapão, percebeu que ele estava trancado com um enorme cadeado pelo lado de fora, o que o fez imaginar que Authentic poderia estar lá dentro. Afinal, toda aquela segurança deveria estar protegendo algo muito precioso. Ele percebeu também que era impossível destruir aquela passagem pelo lado de dentro, o que tornava o alçapão o lugar ideal para esconder uma pessoa.

Builder pegou um machado e, golpeando o cadeado com força, diversas vezes, destrancou o alçapão. Abriu caminho lentamente, prestando atenção no que estava à sua volta. Nina vinha logo atrás, tomando cuidado para não ser atacada por nada. A dupla estava entrando em um sótão comum, com algumas caixas empilhadas. Um cobertor estava esticado no chão, com um lampião apagado ao lado. Uma pequena janela deixava a luz do dia entrar no cômodo. O aventureiro começou a se erguer pela passagem do alçapão...

POF! Builder levou um chute superforte de ponta de pé bem no meio da cabeça. O chute doeu, mas não o suficiente para deixá-lo desacordado. Virando-se o mais rápido que pôde, ainda tonto com a pancada, ele se preparou para lutar só com as duas mãos, quando deu de cara com...

— AUTHENTIC! — gritou Nina, empurrando Builder pela abertura, que caiu no chão sorrindo.

— Não acredito que vocês estão aqui! – disse o herói, com um grande sorriso no rosto.

A garota pulou para abraçar Authentic, que retribuiu o gesto. Builder se levantou, atirando-se também naquele abraço. Ele nunca achou que ficaria tão feliz por levar um chute. Os amigos ficaram desse jeito por um bom tempo, sem precisar dizer uma palavra. Era óbvio que todos estavam muito felizes com o reencontro.

— Você fica bem nessa armadura, Builder. E você também, Nina! Uma verdadeira aventureira! – disse Authentic enquanto sentava-se em uma das caixas espalhadas pelo sótão.

— Assim que soubemos o que aconteceu na sua casa, viemos o mais rápido que podíamos! Mas essa jornada não foi fácil, viu... Você nem iria acreditar nas coisas que eu vi! – disparou Builder.

— Calma, calma... Vocês foram autênticos amigos! Eu nunca esperaria que alguém chegasse até aqui tão rápido... Muito obrigado por virem atrás de mim, amigos.

— Authentic, por que os mobs sequestraram você? – perguntou Nina.

— Foram ordens do Ender Dragon... Eu já esperava por isso há algum tempo...

— Ender Dragon?

— É um dragão que vive no The End, Nina. Uma dimensão horrível que existe no meio das outras, num lugar conhecido como Void – explicou Authentic, deixando transparecer um tom preocupado em sua voz.

A BATALHA DA TORRE

— Ai, que medo — disse Nina.

Então, Builder começou a ter uma sensação estranha... Void! O aventureiro se lembrou do que aquele Enderman esquisito havia dito, sem falar que o sonho tenebroso com o Herobrine não saía de sua cabeça.

— Por que ele faria isso? — perguntou Nina.

— Ele lidera os mobs. Descobri que seu objetivo é dominar tudo e acabar com os humanos.

— Na verdade, não acho que seja o Ender Dragon que controle os mobs — interrompeu Builder, voltando de seus pensamentos.

— Como assim, amigo?

— Você já escutou o nome "Herobrine", Authentic?

A expressão de Authentic ficou sombria. O herói parecia revisitar memórias, e ficou em silêncio antes de responder:

— Você sonhou com ele, não foi?

— Como você sabia? — Builder perguntou, espantado.

— Também aconteceu comigo. Muitas vezes, ao longo dos anos. Foi assim que eu soube que os esqueletos me trariam para essa torre e deixei as pistas em minha casa e pelo caminho.

— E por que você nunca disse nada?

— Eu esperava que fosse tudo fruto da minha imaginação, mas estava enganado.

Por precaução, até trouxe os golens de ferro para o caminho, caso precisasse um dia, mas nunca achei que esse sonho fosse se tornar real. Herobrine é perigoso, pessoal. Isso vai muito além do que esperava. Precisamos tomar a iniciativa.

Os três se entreolharam com uma enxurrada de sentimentos passando pelo momento: coragem, alegria, lealdade e até mesmo medo. Notando isso, os três sorriram, pensando em como eram sortudos por terem uma amizade tão forte.

— Notei que vocês estão com poucas armas... Imagino que tenham perdido algumas no caminho — disse Authentic.

— É, minha espada já era... — comentou Builder.

— E eu estou quase sem flechas! — acrescentou Nina.

— Eles levaram minha espada de diamante para o Nether, para servir de incentivo para o exército dos mobs disse Authentic.

— O que é o Nether? — perguntou Nina.

— Um lugar cheio de lava, que fica nas profundezas da terra — respondeu Authentic. — O Builder sabe como é.

Com um calafrio por se lembrar do cenário pavoroso do seu pesadelo, Builder concordou com a cabeça. Agora ele sabia o nome do lugar com o qual havia sonhado.

— Bom, vamos lá buscar! — exclamou Nina animada.

— Sim. Nossa próxima jornada vai nos levar lá, e aquela arma é a única que pode derrotar nossos inimigos. Mas nós precisaremos nos equipar novamente.

Então, eles se sentaram novamente para decidir o que fazer. Nina dividia o que sobrou dos alimentos. Depois de comerem, Authentic se levantou, olhou confiante para os amigos e disse:

— E aí, prontos para o próximo desafio?

Ninguém precisou responder com palavras.

CONTINUA...

MANINHOS E MANINHAS

O QUE PODEMOS APRENDER COM ESTE LIVRO:

▶ A amizade verdadeira é valiosa. No livro, Nina e Builder arriscaram a própria vida para salvar o Authentic, e é isso que um amigo faz: ajuda você a sair das maiores enrascadas.

▶ Ser uma pessoa boa sempre compensa mais que uma vingança. Builder deixou o Jockey-aranha fugir porque sabia que, mesmo quando alguém provoca você, não é legal fazer ele sofrer.

▶ Nunca desista de seus sonhos! Mesmo quando parecer que você não vai conseguir, sempre existe uma solução, basta pensar mais um pouco. Pedir a ajuda dos amigos também é uma boa ideia.

▶ Quando um problema aparece no seu caminho, você não pode desanimar. É preciso ter coragem para enfrentar coisas ruins, mas, no fim, você vai descobrir que tudo valeu a pena.

Em 2011, quando MARCO TÚLIO publicou seu primeiro vídeo no YouTube, ele nem imaginava o sucesso estrondoso que o seu canal AUTHENTICGAMES faria.

Como todo mineiro – o jovem nasceu em Belo Horizonte, ele foi conquistando o público aos poucos com dicas para quem é fã do universo pixelado de Minecraft. Mas não demorou muito para o canal crescer e tomar a proporção gigantesca que tem hoje: são mais de 19 milhões de inscritos e mais de 8 bilhões de visualizações.

Depois do sucesso do livro AUTHENTICGAMES – VIVENDO UMA VIDA AUTÊNTICA, o novo desafio do youtuber é desbravar o mundo da ficção, e, assim como tudo que já fez, começou muito bem!

 authenticgames

 authenticgames

 authenticgames

 authenticgames

 canalauthenticgames.com.br